Quand Marie s'appelait Myriam

Jean-Claude Libourel

Quand Marie s'appelait Myriam

ROMAN

Albin Michel

22, rue Huyghens, 75014 Paris
www.albin-michel.fr

ISBN 2-226-11677-X

À ma mère, ma grand-mère.
À Bernadette G.

Avant-propos

Elle est toujours en souffrance, les yeux larmoyants levés vers le ciel, les mains prisonnières d'un chapelet, le cœur béant, le voile bien bleu et la robe bien blanche.

En général, on la trouve dans une absidiole, protégée par une barrière de cierges dégoulinants, quelques bouquets de fleurs fanées et quelques ex-voto devenus illisibles.

Une fois l'an, on la sort pour lui faire prendre l'air, la dépoussiérer, et l'envoyer au ciel avec la complicité d'un nuage rose.

Voilà l'image de Marie qui est restée gravée dans ma mémoire d'enfant

On ne m'a jamais dit qu'elle était jeune, belle, et juive

On ne m'a jamais dit qu'elle avait aimé, ri et pleuré, qu'elle avait vécu comme toutes les femmes d'il y a deux mille ans ou d'aujourd'hui, entre guerres et révoltes, entre fêtes et famines, entre doute et espoir.

J'ai voulu, sans avoir la prétention d'accomplir un travail d'historien ou d'exégète, lui rendre un peu de cette vie simple qui lui fut, à mon sens, volée.

J.-C. L.

Il y a un chemin vers le haut et un chemin vers le bas. Le chemin d'en haut et le chemin d'en bas ne sont qu'une seule et même route.

Eileen Gray

Chapitre 1

Le bleu du ciel venait juste de virer au rouge lorsque la caravane atteignit la route. Les ânes, malgré leur chargement, grimpèrent prestement le talus, s'offrant au passage quelques bouchées d'épeautre que le vent avait égarées parmi les herbes hautes. Dans le fond de l'air, on sentait déjà le froid de la nuit.

Un chien sauvage bondit d'un fourré et s'enfuit parmi les oliviers. Tout près, une voix d'enfant s'éleva, perçant le crépuscule. Un oiseau traversa l'horizon.

Ce soir, une fois les tentes dressées, tout en mangeant assis autour du feu, les hommes parleront du voyage. Les mots seront rares, les gestes brefs, mais plus tard, le vin aidant, ils laisseront échapper de grands éclats de rire. Et peut-être même que l'un d'eux prendra son *innor* et que les jeunes, s'accompagnant de claquements de doigts, danseront.

Alors, discrètement, les femmes se faufileront sous les abris de peaux de chèvres et sèmeront des fleurs d'hibiscus séché. Et le parfum emplira l'espace et amplifiera les sens.

Pour l'instant, le dernier rayon de soleil caresse encore la cime des palmiers dattiers en faisant miroiter les fruits bruns gorgés de sucre. C'est l'heure du repos et de la prière.

Et soudain, une escorte de cavaliers numides apparaît au milieu de la chaussée.

– Place ! Place ! hurlent-ils en repoussant les caravaniers sur les bas-côtés.

– Place !

Les grappes de fleurs tombent sur le sol, les visages se ferment.

– Place ! Place !

La voix de l'enfant continue de voler un instant encore. Puis, comme effrayée à son tour par les cris, elle se fige et se brise.

– Place ! Place !

La litière d'un collecteur romain avance, nonchalante, et passe le long de la caravane arrêtée.

Alors, comme si un ordre muet leur parvenait du fond de leur colère contenue, d'un seul bloc, hommes, femmes et enfants tournent le dos.

– Juifs de malheur, se plaint le collecteur caché derrière ses rideaux de soie, leur arrogance est insupportable !

Il fait signe à l'un des cavaliers de s'approcher.

– Où sommes-nous ? demande-t-il.

– Dans la plaine d'Esdrelon, maître.

– Je sais. Je te demande : où sommes-nous exactement ?

– A hauteur de la colline de Nazareth.

– Nazareth ?

– Un lieu-dit, maître, un lieu-dit sans importance.

Myriam à Elishèba

Ô mon Elishèba, ma parente bien-aimée, te souviens-tu seulement de moi, ta toute jeune cousine Myriam, et de ce temps encore si proche où tu portais ma cruche d'eau pour que je puisse jouer sur la margelle ? Te rappelles-tu ces instants passés sur la colline à l'heure où l'olivier argente le couchant ?

Nous menions le troupeau sans souci de la nuit qui tombait sur nos épaules, attendant l'extrême minute pour regagner le village et nous séparer. Plus tard dans la soirée, malgré les devoirs de fille qui t'accaparaient, tu trouvais toujours un moment pour venir t'assurer de mon repas, de mon sommeil, et remplacer ainsi, discrètement, ma mère trop tôt disparue.

Et puis tu m'as quittée pour suivre un mari choisi par ta famille, et je n'ai eu que colère là où j'aurais dû éprouver de la joie. Je n'ai pas compris ton obéissance, ton humilité. Je t'en ai voulu, ma douce Elishèba, et hier encore je t'en voulais.

Mais il n'est rien comme le chagrin pour dessiller

les yeux et voici qu'en ce jour de deuil, je trouve la paix dans l'idée de bientôt te revoir.

Es-tu seulement prévenue que mon père n'est plus et que je suis seule ici-bas ? Avant de s'éteindre dans mes bras, il m'a dit avoir pourvu à mon avenir.

– Père, lui ai-je répondu, soyez sans souci de moi. Le Tout-Puissant sait qu'à Lui seul je veux appartenir et Il veillera sur mes jours.

Mais il était trop tard et le vieil homme ne m'a pas entendue. On l'a déposé près de l'olivier qu'il aimait tant et me voici seule, Elishèba, et me voici plus que jamais tournée vers toi.

Car, tandis que je subis le regard des matrones chargées de veiller sur moi, je me demande à qui, après mes parents, à qui d'autre que toi, ma tendre, je pourrais dire mon vœu le plus secret.

Oui, ma grande sœur, un vœu qui brûle mon cœur et mes lèvres et, ce soir, alors que j'attends la fin du deuil pour prendre la route et te visiter, je ne peux plus le garder.

Et je te le crie, dans le silence de la nuit, pour que tu le connaisses et partages ma joie.

Ô mon aimée, j'ai décidé de rejoindre celles qui consacrent leur vie à servir le Très-Haut.

Tu m'as bien entendue, je veux être de ces femmes qui ont choisi de n'avoir ni maison pour s'abriter, ni mari pour partager leur couche, ni enfants pour faire rire et pleurer leurs yeux, ni vieillesse entourée de tendresse et de bienveillance.

Je veux être de ces femmes qui ont choisi l'abandon, la pauvreté et la solitude.

Je veux être de ces femmes qui ont choisi de ne regarder que la gloire du Tout-Puissant !

Quand Marie s'appelait Myriam

Je ne veux rien d'autre qu'être Son humble servante !
Et louer chaque jour Son Saint Nom !

Tel un escalier gigantesque s'élevant vers le ciel, le théâtre de Séphoris envahissait la montagne de ses énormes pierres taillées. La toute nouvelle capitale de Galilée étalait luxe et grandeur pour surpasser les autres villes du royaume. Rien ne paraissait trop beau pour satisfaire l'orgueil de ses habitants.

Yosef se moquait des querelles des Romains assoiffés d'argent et de triomphe. Lui, il avait trouvé ici de quoi bâtir les belles charpentes dont il rêvait. Et il était fier du travail accompli depuis quatre mois.

Mais aujourd'hui, son ouvrage achevé, il lui tarde de rentrer dans son village et de retrouver le calme de son atelier.

Son atelier ! Il sourit en pensant aux beaux rondins de sycomore qu'il a préparés avant de partir et dont il espère tirer les plus solides outils. Bientôt il en prendra un, le soupèsera, en découvrira les nœuds, la tendresse de l'aubier sous l'écorce, en sentira la puissance. Puis il le mettra en forme, lentement. N'est-ce pas ce qu'il aime faire par-dessus tout ?

Sans plus tarder, il jette son baluchon par-dessus son épaule et prend la route à travers la plaine. Malgré la fatigue il accélère le pas car deux étoiles brillent déjà dans le ciel.

Lorsque la troisième apparaîtra, les trompettes sonneront le début du sabbat. Il faudra alors être rentré et se consacrer à la prière jusqu'au lendemain soir. Et honorer le Seigneur.

Le jour d'après seulement, il prendra le bois et le façonnera d'une main forte et caressante à la fois, comme il façonnerait le fruit d'un merveilleux amour !

Myriam à Elishèba

Déjà, ce matin, les matrones murmuraient en me regardant. Et puis, sur le tard, l'une m'a parlé :

– Myriam, les hommes sont réunis pour décider de ton devenir.

Alors mon sang a connu la révolte. De quel droit disposent-ils de ma vie, de mes espérances ? Ne suis-je pas libre de mon destin ? Ai-je besoin des autres pour me dire ce que je dois faire ?

La face cachée dans mes mains, j'ai sangloté, ne trouvant pas de raisons pour apaiser ma colère. Mais, une fois les larmes taries, les mots ont jailli, limpides comme l'eau de la source.

N'aurais-tu pas confiance, Myriam, en la sagesse du Tout-Puissant ? N'est-ce pas Lui qui guidera la décision des hommes ?

Alors, j'ai retrouvé mon calme et me suis préparée à recevoir la nouvelle.

Tard le soir, des pas secs ont résonné sur le sol de la cour. Les hommes revenaient de la synagogue.

Humble et sereine, je les ai attendus à l'intérieur de la pièce.

Ils ont frappé à la porte et sont entrés. Je les ai accueillis d'un sourire. Et l'un d'eux m'a dit :

– Myriam, selon le vœu de ton père, tu épouseras Yosef.

La terre s'est ouverte devant moi. Et un cri a éclaté dans ma tête.

« Épouser ! Ils ont dit épouser ! Mais savent-ils mon souhait de n'appartenir à personne qu'à Dieu ! »

« Selon le vœu de ton père », ont-ils dit. Mais mon père vivant aurait-il refusé de m'entendre, de me laisser choisir ?

Mes sens hurlaient ma désobéissance. Et mon esprit s'est égaré dans le ressentiment.

Le Tout-Puissant m'abandonne ! Il n'a pas écouté mes prières. Il n'a pas regardé Sa servante ! Suis-je donc si misérable pour qu'Il m'ignore ? Pourquoi ? Pourquoi ? Pourquoi ?

Mais les mots ne sortaient pas de ma bouche et seul le silence trahissait mon émotion. Et dans ce silence, c'est ta voix qui m'a répondu, très sage Elishèba. Ta voix calme et patiente, toujours pleine de confiance.

« Myriam ! Quel est cet orgueil qui te domine ? Oserais-tu défier l'Eternel, Lui qui vient de se pencher sur toi ? Qu'est ta volonté en regard de la Sienne ? »

J'ai lutté pour ne pas reconnaître la justesse de tes propos. J'ai lutté, mais tel un ange, tu m'es apparue rayonnante de bonheur et j'ai soudain compris où était mon devoir.

Tu as raison, Elishèba, ma sœur, s'Il en a décidé ainsi, je ne peux que Lui rendre grâce. Et obéir.

Alors, j'ai porté mon regard vers Yosef. Sa longue

chevelure encadrait un visage aux traits durcis par les heures de travail au soleil, mais sous l'ondulé de sa barbe il était tout empreint de piété, de bienveillance.

Et, tout aussi gêné que moi de ce qui nous arrivait, il m'a dit :

– Myriam, ma demeure est simple, mais tu y seras chez toi.

La nouvelle du mariage se répandit dans l'instant et les enfants, excités à l'idée d'une fête, se rassemblèrent aussitôt devant la maison de Myriam.

Les matrones les chassèrent en poussant des cris stridents et en agitant leurs voiles, car le temps du deuil n'était pas fini. Il fallait patienter.

Puis elles s'enfermèrent avec la future épousée et commencèrent leur tour de garde, tout en l'accablant de conseils.

Yosef, de son côté, regagna son atelier et commença son ouvrage. Il aimait fabriquer de belles et solides charrues, des objets pour chaque jour, parfois même modifier un outil existant pour en améliorer l'usage. Il aimait surtout, une fois sa journée achevée, retrouver la petite synagogue du bout de la rue et lire encore et encore, dans le grand Livre aux cent cinquante-quatre *parashots*, aux cent cinquante-quatre chapitres, l'histoire du Peuple de Dieu.

Ainsi passèrent les mois, au rythme immuable des fêtes.

Ce fut d'abord celle de la victoire de Judas Maccabée sur les troupes syriennes, et l'on vit passer, dans la vallée, des coureurs parcourant le pays en portant des torchères de feu.

Il y eut ensuite la fête de la Dédicace, et l'on dansa, et l'on chanta, pour commémorer la purification du Temple souillé par Antiochus Epiphane.

Et maintenant voici déjà Pourim, qui célèbre Esther sauvant du carnage les fils d'Israël.

Son temps du deuil étant fini, Myriam put enfin participer aux réjouissances. Aussi s'amusa-t-elle à décorer les chars de fleurs, à confectionner des déguisements pour les plus jeunes, à chanter des psaumes joyeux. Elle retrouva la vie, elle laissa éclater sa joie, son bonheur d'être utile.

Lorsque, le lendemain de ce jour de liesse, les enfants revinrent dans la cour, elle partagea à nouveau leurs rires et leurs jeux.

Cela fit jaser alentour, car on la trouva bien légère pour une future épousée, bien légère et d'un mauvais exemple.

Mais c'est ainsi qu'elle se préparait à quitter sa maison, pour celle de Yosef, et à devenir femme.

Myriam à Elishèba

Ce matin, j'ai plié ma couverture d'agneline blanche et je l'ai posée sur le rebord de pierre. J'ai revu ma mère la tisser de ses mains avec les plus fines laines qu'elle trouvait. Long et pénible ouvrage qu'elle tenait à accomplir tous les jours en l'accompagnant de prières muettes. Puis, la couverture finie, elle est partie se reposer dans le jardin de l'Eternel.

Assise dans l'entrée, j'ai contemplé cette pièce dans laquelle nous avons vécu, moi avec eux, mon père et ma mère, puis eux avec moi, ensemble, et lentement, l'un après l'autre jusqu'à ce jour. Les murs de chaux qu'éclaire une seule lucarne gardaient encore les secrets de mes jeux de petite fille, des chuchotements, des confidences échangées avec toi, mon Elishèba. Ils gardaient aussi les secrets de mes peines.

Après avoir embrassé d'un dernier regard ce qui fut la demeure de mon enfance, j'ai blotti ma couverture sur mon sein et suis sortie dans la cour. Les femmes attendaient dans l'ombre écrasante des murs. J'ai lu la compassion dans leur silence. J'ai perçu les questions sur leurs lèvres muettes. Une chèvre s'est dirigée vers l'abreuvoir du puits. Un petit garçon s'est arrêté devant moi, me souriant, sans dire un mot.

Alors Yosef s'est approché timidement et m'a saluée :

– Myriam, tu sais où se trouve ma maison. La porte est ouverte et le sera toujours.

La bonté inondait ses yeux. Le bonheur aussi.

– Je vais à Séphoris, m'a-t-il dit. Je reviendrai pour la cérémonie.

Il a attendu un instant avant d'ajouter :

– Si tu veux bien !

Et déjà il me quittait, mais il savait ma réponse.

Alors, l'enfant a pris ma main et m'a fait faire un premier pas sur le chemin avant de partir à son tour. Et j'ai continué, seule, vers cette maison qui allait devenir la mienne, qui l'était déjà.

J'ai poussé la porte. Il faisait blanc dans la pièce. D'une outre pleine s'échappaient des perles d'eau. En tombant, elles éclataient sur la pierre creusée et les murs s'en éclaboussaient de fraîcheur.

J'ai posé ma couverture et, joignant les mains pour recueillir le précieux breuvage, j'ai mouillé mes lèvres en signe d'acceptation.

Ce soir, je dormirai sous le toit de mon fiancé, veillée une dernière fois par les matrones du village. Puis, au matin, elles me prépareront et m'entoureront de mille attentions. Je suis l'épousée et ce jour sera celui de mon hymen. Elles m'accompagneront aux bains, me couvriront d'une robe de lin, poseront les plaques d'or sur mon front et aspergeront mes pas de pétales de lis et de jasmin.

Pendant ce temps, leurs filles et leurs brus rouleront la pâte et cuiront les gâteaux parfumés avec de la menthe et de la cannelle. Elles garniront les plats avec du miel de dattes et de raisins et ainsi sera préparé le repas pour la fête du soir. Car il y aura fête et chacun fera son offrande pour que me soit accordée la joie d'être toute à mon destin de femme.

Yosef arrivera, fourbu par une dure journée de labeur mais heureux de savoir sa maison prête pour l'accueillir. Il demandera où est sa promise et les hommes lui diront :

– Yosef, celle qui t'est donnée va te recevoir.

Alors la fête commencera et couronnera mes épousailles.

Mais mon cœur, Seigneur, ne sera jamais qu'à Toi !

Au premier chant du coq, Myriam se leva. La promesse d'un grand jour agitait déjà ses gardiennes. L'une parlait fort, se donnait de l'importance, l'autre faisait le compte des invités, marchait autour de la pièce. Soudain, de concert, elles sortirent de la maison et disparurent dans l'aube naissante.

Myriam en profita pour libérer ses cheveux serrés en une tresse épaisse et lourde. Elle pencha la tête en avant et d'un mouvement brusque se redressa. La chevelure s'envola, formant une couronne autour de son visage, puis retomba sur ses épaules avant de s'étaler jusqu'à la taille. Alors, d'un geste habile, elle l'emprisonna dans son foulard, comme elle aurait placé un bijou dans un écrin de soie.

Un peu plus tard, ses gardiennes revinrent la chercher. Le moment était venu de la préparer pour la cérémonie du soir. Il y eut le bain et les parfums, la robe et l'or. Il y eut des rires, des plaisanteries, des émotions de femmes se souvenant d'un jour ancien.

Bien qu'elle ne portât ni fard ni poudre, ni pommade ni huile odorante, belle était l'épousée qu'elles ramenèrent à la maison de Yosef, car elle avait l'éclat de la rosée et la pureté du ciel.

Les matrones se retirèrent enfin pour vaquer aux autres préparatifs et Myriam resta seule, dans ses atours de promise.

C'est alors qu'une lumière embrasa la pièce et descendit sur elle.

Et qu'elle entendit une voix.

Myriam à Elishèba

Ô mon Elishèba, comment te dire mon émoi ? Ce matin, après que les femmes eurent quitté la maison de Yosef, en ce jour de mon hymen, j'ai voulu m'adresser à l'Eternel.

Mais aucune prière ne me venait à l'esprit. Je ressentais un immense vide non seulement autour de moi, mais en moi. « Je T'ai obéi, Seigneur, je T'ai obéi » étaient les seuls mots que je pouvais répéter.

Et voilà qu'une éclatante lumière est apparue. Une lumière irréelle, comme faite d'éternité. Mais si aveuglante que j'ai dû fermer les yeux.

Le silence était si profond qu'il en était assourdissant. Et soudain, une voix, puissante et paisible à la fois, a résonné, envahissant l'espace jusqu'au-delà de la pièce.

– Myriam, réjouis-toi !

– Qui es-tu pour me connaître par mon nom ?

– Je suis l'envoyé du Seigneur et je viens t'apporter la joie.

– Il a déjà rempli de joie chacun de mes jours.

– Et ainsi il en sera, Myriam, car malgré tes doutes, tu sais Lui obéir en tout. Et Il m'envoie te dire ceci : tu concevras en ton sein et ton premier-né sera un fils.

– Qu'ai-je fait pour qu'Il me donne un si grand signe d'amour ?

– Tu es pure en ton esprit, Myriam, et rien ne saurait te souiller, car tout ce que tu fais, tu le fais en Son nom.

– Loué soit Celui qui daigne poser Son regard sur moi.

– Alors, écoute Sa parole. Tu enfanteras d'un fils et tu l'appelleras Ièshoua', et il sera reconnu fils de Dieu.

– Comment être certaine que tu es bien Son envoyé ?

– Ton doute est juste, Myriam. Mais voici la preuve que tu demandes. Va voir ta cousine Elishèba, celle qui vieillissait sans avoir été mère. Et tu sauras, car en ses vieux jours, elle aussi est comblée par la grâce.

Mille questions se pressèrent en mon esprit, mais avant même que j'aie pu en formuler une seule, j'ai entendu les battements d'ailes d'une colombe s'envolant.

Alors j'ai soulevé mes paupières. Et la lumière avait également disparu. Et je n'ai su que dire :

– Qu'il soit fait selon Sa volonté !

Voici donc, ô mon Elishèba, dans quelle agitation je me trouve. Car ainsi j'apprends que tu es enfin comblée !

Ô ma douce, ma tendre, toi dont le ventre restait désespérément sec alors que tu étais faite pour aimer à profusion la chair de ta chair, toi qui savais être mère sans avoir enfanté, te voilà enfin reconnue femme parmi les femmes.

Car toi, tu n'as jamais douté de la clémence de l'Eternel et, quand Son messager a frappé à ta porte, tu l'as reçu, mon aimée, alors que tu ne l'attendais plus.

Comme toi, à mon tour, je l'ai reçu. Alors que je ne l'espérais pas.

Les youyous des femmes annoncèrent le début de la cérémonie. On amena la fiancée sous le dais dressé dans la cour. Yosef l'attendait. Bien que grand par la taille et solide sur ses jambes, son émotion le faisait ressembler à un petit enfant. Il eut un sourire d'admiration lorsque Myriam se plaça à son côté, et il sentit son cœur déborder de joie lorsque les premiers chants nuptiaux s'élevèrent dans la nuit.

Puis les invités s'approchèrent. En signe de fécondité, un homme écrasa le fruit d'un grenadier sur le sol. Après lui, des vierges brisèrent un vase empli de parfum, souhaitant ainsi l'abondance au jeune couple. Et les rites étant accomplis, la fête put commencer.

Les femmes portèrent les plats sur les tables, et d'autres tirèrent le vin des jarres de terre. Une enfant s'approcha. Sans bouger, elle dévorait des yeux les piécettes d'or qui se balançaient sur le front de la mariée. Puis, timidement, elle tendit la main pour les toucher.

Yosef parlait avec les hommes. Mais par moments, il se retournait vers son épousée et alors, un étrange trouble s'emparait de lui. C'est que les paroles du messager résonnaient encore à ses oreilles.

« *Tu auras un fils, et il sera reconnu fils de Dieu.* »

Ainsi le lui a raconté Myriam lorsqu'il est arrivé. Depuis, un doute s'est installé en son esprit.

A-t-elle réellement été visitée comme le furent dans les temps anciens les parents d'Isaac, de Jacob, de Samuel, de Benjamin, tous nés par l'intercession divine ?

Mais ceux-là étaient déjà dans un âge avancé et ne pouvaient plus donner la vie, alors que lui, Yosef le charpentier, n'a que vingt-huit ans, et Myriam quatorze.

Et il sera reconnu fils de Dieu.

Malgré la musique et les danses, malgré l'abondance des mets et le vin qui coule, il ne peut oublier.

Ne sommes-nous pas tous les enfants du Tout-Puissant ? Que veut dire l'annonce du messager divin ? Ou bien est-ce simplement une invention de Myriam pour faire plaisir à son époux ? Pour lui faire plaisir, ou pour dissimuler un péché ? Et pourquoi demande-t-elle de pouvoir visiter sa cousine Elishèba, à plusieurs jours de marche d'ici ? Et au lendemain du mariage ?

Yosef ne comprend pas. Il se tourne vers celle qu'il vient d'épouser pour chercher dans son regard, dans son geste, une trace de mensonge, une marque du malin.

Mais il ne voit qu'un visage illuminé par la grâce.

Alors, oubliant ses doutes, il l'enserre par la taille et l'entraîne dans la danse.

– Après les noces, lui murmure-t-il à l'oreille, si tu le désires toujours, tu pourras visiter ta cousine Elishèba.

Myriam lève les yeux. Elle regarde ce front tanné par le soleil, ces yeux marron à la fois profonds et calmes, ces lèvres charnues sous la barbe déjà grisonnante.

Elle regarde et sourit en même temps qu'un frisson soulève son sein.

Et ce frisson est un frisson d'amour.

Mais elle ne le sait pas encore.

Myriam à Elishèba

Grand est l'Eternel, Elishèba, grand est Son nom ! Hier soir, après que les matrones eurent rangé les restes du festin et que la porte se fut refermée sur la pénombre de la pièce, Yosef s'est approché de moi et ainsi m'a parlé.

– Ô Myriam, toi qui as su enflammer mon cœur d'un seul de tes regards, toi qui éclaires ma nuit, toi qui as la blancheur du lis, que j'entends dans le bruissement du vent, sois bénie entre toutes pour la joie que tu me donnes. Et voici, en plus, qu'au jour de notre union nous est annoncé, orgueil d'un père, un fils premier-né. Et comme tout ce qui est premier, depuis le fruit de l'arbre, le grain de l'épi et l'agneau de la jeune brebis, ce fils sera consacré à la gloire de l'Eternel. Ce n'est qu'après le trentième jour de sa vie, lorsque auront été accomplis les rites de son rachat, qu'il sera enfin dit fils de Yosef. Et il grandira parmi nous. Je lui apprendrai mon métier. Je lui enseignerai à mon tour l'écriture et la Loi afin qu'il nous honore.

Et à toi, Myriam qui m'as accepté pour époux, je dis qu'il ne sera un jour, une nuit, sans que je me soucie de ton bonheur. Et que Celui qui règne sur nous – chanté soit Son nom – me garde en ma parole.

Je l'ai écouté, en silence. Je l'ai écouté et j'ai su combien il était généreux. Il a posé ses mains sur mes épaules et son regard a pénétré en moi avec toute la douceur d'un aimé. Ainsi il en sera, m'a-t-il répété. Puis il m'a gardée dans ses bras, et m'a donné le baiser de paix. Et le baiser d'amour.

J'ai senti un souffle de vie m'envahir.

Et voici que s'est accompli le dessein du Seigneur.

La jeune femme avançait sur le chemin des Crêtes qui longe les rives escarpées du *Ghor* tandis que, là-haut, sur le toit du monde, le bleu du ciel nimbait la cime des montagnes.

Elle avançait, transportée de joie comme autrefois le Peuple élu sur la route de la délivrance.

Elle se rendait à Aïn Karem, le village qu'habitait, à huit lieues de Jérusalem, le vieux prêtre Zekkariah et sa femme Elishèba. Elle allait les visiter pour partager la nouvelle. Elle marchait d'un pas ferme, les cheveux serrés sous le foulard, son long manteau de laine la protégeant du soleil le jour et de la froidure la nuit.

Elle marchait, depuis que Yosef, peu de jours après leurs noces, l'avait confiée à une caravane qui descendait vers la Ville sainte. Elle marchait, le cœur toujours aussi pur. Mais en son sein vivait déjà l'enfant promis par Dieu.

Zekkariah était à la synagogue pour la prière du soir. Elishèba préparait des viandes froides, du pain de blé, des gâteaux à la mandragore pour le temps du sabbat. La servante qui la secondait entendit la porte de la rue grincer sur ses gonds. Devançant sa maîtresse, elle sortit dans la cour. Une femme se rafraîchissait à la fontaine.

– Que veux-tu ? demanda-t-elle.

Un cri de joie lui répondit.

– Myriam ! Myriam !

Un autre cri lui fit écho.

– Elishèba !

Et les bras se tendirent, les corps s'enlacèrent, les larmes coulèrent sur les joues, et l'une oublia son grand âge et l'autre la poussière du chemin.

Alors, la servante vit la visiteuse poser sa main sur le ventre arrondi de sa maîtresse et lui dire :

– Elishèba, ma bien-aimée, voici que tes prières ont été entendues et que, dans tes vieux jours, tu es guérie de la honte d'être femme sans être mère. Et voici qu'en souvenance de toi et de ton humilité, je me suis, moi aussi, inclinée devant Sa volonté et Il m'a reconnue Sa servante.

En cet instant, Elishèba toucha d'un doigt pudique le sein de Myriam.

Et lui dit :

– Puisses-tu être comblée comme je le suis aujourd'hui !

Myriam à Yosef

Voici, mon estimé, qu'en arrivant ici j'ai trouvé mon Elishèba dans l'attente d'être mère. Ainsi, le messager était bien celui envoyé par l'Eternel. Et ainsi, mon époux, j'ai su que le premier fruit de notre amour serait bien un fils.

Mais j'ai préféré attendre, pour te le faire savoir, d'être à mon tour en état d'espérance, ne me consacrant entre-temps qu'au bonheur de ma chère cousine qui oublie trop souvent la sagesse qu'exige son état. Elle se lève en pleine nuit pour me faire sentir cet enfant qui bouge en son sein. Elle s'avance sur le chemin à la rencontre des visiteurs pour leur annoncer plus tôt la nouvelle, car elle en avait gardé le secret, ne voulant rien dire avant que de m'avoir retrouvée.

Et maintenant nous sommes sous le même toit depuis bientôt trois mois. Et depuis ce matin, mon doute s'est dissipé et à mon tour je chante le magnificat, comme toute femme d'Israël chante en apprenant qu'elle va être mère.

Oui, mon ami, entends ma voix par-delà les montagnes, entends ma voix crier notre bonheur !

Que n'es-tu près de moi pour partager cette joie car tu vas, Yosef, tu vas être père à ton tour !

Et, pour toi, pour nous, je me tourne vers l'Eternel et Lui demande de ne pas oublier Sa promesse.

Fasse, Seigneur, que ce premier-né soit bien le fils annoncé et qu'il soit la fierté de son père !

Car ainsi Tu auras fait de Ta servante la plus heureuse des épouses, et la plus comblée des mères.

Pâque ! Fête des fêtes ! Temps de la délivrance de l'âme, liesse des cœurs.

Ièrusalem la Sainte ouvre grand ses portes et par milliers ses enfants dispersés envahissent ses ruelles étroites, s'aspergent aux fontaines sacrées et montent jusqu'au parvis du Temple tandis que sonnent les trompettes du sacrifice. Et le sang de l'agneau coule sur la table de l'offrande, et il vient marquer le linteau des maisons.

Ils se rassemblent, ceux venus de Syrie, de Perse, d'Anatolie, de Cyrénaïque, de Mésopotamie, ceux que l'histoire a jetés hors de la Terre sainte et ceux qui ne l'ont jamais quittée. Ils se rassemblent pour partager l'agneau et les herbes amères et lorsque enfin la troisième coupe de shekkar s'offre de main en main, ils entonnent le Hallel, le chant de grâces.

– Non point à nous, Yavèh, non point à nous la gloire ! Mais à Ton nom, à cause de Ta bonté. Béni soit Celui qui vient au nom du Seigneur !

Et la fête dure ainsi sept jours pleins.

Respectant la tradition, Yosef est descendu de Nazareth pour venir porter son offrande au Temple. Il ne ressemble pas à la réputation que les Judéens ont faite aux habitants des régions fertiles du nord. N'avaient-ils pas surnommé autrefois le pays *guélil-al-goyim* : le cercle des païens !

Mais Yosef est de vieille souche et sa foi est ancrée en lui comme un cep de vigne dans la rocaille du sol. Et comme un cep, elle est simple et robuste.

Ce matin, il entre par la porte de Hulda et gravit les marches qui mènent sur l'esplanade. Chaque fois qu'il arrive ici, il ne voit d'abord, malgré la multitude, que la beauté des galeries aux mille colonnes, le reflet blond des pierres aux ouvrages précieux, la sublime grandeur de cet espace. Tout à la gloire de l'Eternel !

Passé ce premier moment d'extase, il est saisi, comme toujours, par cette foule de marchands, de faiseurs d'affaires, de changeurs de monnaies, de dignitaires se vautrant dans le luxe. Et lui, l'humble charpentier qui sait reconnaître la main de Dieu dans la simplicité de toute chose, ne comprend pas que Sa maison soit utilisée à des fins aussi mercantiles. Ne devrait-elle pas être un lieu de prières et d'humilité ? Il serre le poing sous son manteau, et, après avoir rempli son devoir de fidèle, retourne à son village, le cœur déchiré par tant d'abomination.

Et ainsi à chaque Pâque. Et rien ne l'arrête, ni les fêtes, ni les chants, ni son profond désir de partager avec ses frères l'agneau pascal et le Hallel.

Mais en ce soir du 14 nissan de l'an 3757, une raison importante le pousse à rester dans les murs de la Ville sainte. Demain, tôt le matin, il veut se rendre à Aïn

Karem et demander à Myriam de rentrer chez eux. N'est-elle pas la femme que Yavèh – béni soit Son nom –, lui a donnée ?

Avant même que le soleil ne surgisse derrière la ligne noire des monts du Moab, avant même que les servants du Temple ne fassent tinter les bronzes de la lourde porte Nicanor, Yosef a pris la route. Aussi arrive-t-il chez Zekkariah à l'heure de la première prière.

Myriam, apprenant sa visite, court aussitôt à sa rencontre et, sans lui laisser le temps de deviner pourquoi elle est d'un teint si rose et pourquoi déjà ses seins se gonflent sous la tunique, elle lui prend la main et la pose sur son ventre.

Il sent l'arrondi de la peau tendue, et un grand éclat brille dans ses yeux.

Alors il la serre contre lui, l'enlace tandis qu'elle enfouit son visage dans sa barbe bouclée, cherche ses lèvres pour l'empêcher de parler.

C'est ainsi, sans un mot, qu'ils partagent enfin cette grande joie.

Myriam à Elishèba

Comment te parler de ce moment, ma cousine, sans que les larmes ne mouillent mes yeux. Notre séparation m'a fait découvrir combien Yosef m'est précieux, et combien je lui suis chère.

Dès qu'il a posé sa main sur mon ventre, j'ai senti l'enfant tressaillir en moi. Percevait-il que cette main était celle de son père ? Partageait-il mon bonheur de ces retrouvailles inattendues ?

Mon époux m'a soulevée du sol et, me faisant tourbillonner en l'air, accompagna notre folle danse de puissants éclats de rire. Puis il m'a posée et nous nous sommes regardés, comme si nous nous découvrions pour la première fois. Dans cet instant, je me suis approchée de lui et je lui ai dit :

– Que le nom du Seigneur soit mille fois chanté pour m'avoir donnée à toi, car tu es le plus noble des maris. Et que l'enfant que je porte t'honore et qu'il honore ton nom.

Et il m'a répondu :

– Myriam, mon aimée, ton absence est pénible et le

sera d'autant plus maintenant. Mais je sais ton souhait d'être près d'Elishèba pour ses couches et je t'accorde ce temps avec elle. Promets-moi seulement que tu me reviendras aussitôt après et que tu prendras ta place de femme dans notre maison.

D'un baiser sur ses lèvres j'ai scellé ma promesse. Puis, main dans la main, nous sommes allés à la fontaine pour les ablutions et nous avons partagé l'agneau pascal à la table familiale.

Et c'est ainsi, Elishèba, que j'ai pu dire à tes convives :

– Voici le mari que j'aurais choisi. Voici le père de mon enfant.

Elishèba enfanta dans la douleur, car ainsi l'avait voulu Dieu. Myriam prit sa place dans la maisonnée et tous lui obéirent tant elle était délicate et juste dans son autorité.

Son état l'embellissait. Son caractère s'affirmait. La jeune fille dévouée au Tout-Puissant n'avait rien oublié de sa promesse et à chaque instant du jour, elle chantait Son Saint Nom. Mais elle savait également que l'attendait sa position de femme auprès de Yosef, et elle profitait du séjour avec sa cousine pour en apprendre les rudiments.

Huit jours après les couches, Zekkariah, que le Seigneur avait rendu muet pour avoir douté de la parole portée par Son envoyé, retrouva l'usage de sa voix à l'instant même où le nouveau-né, juste circoncis, poussait un cri. Alors, il lui donna le nom de Yokanaan, ce qui veut dire « Yavèh fut miséricordieux ».

Une semaine plus tard, Myriam s'assura une dernière fois que tout était en ordre, embrassa l'enfant sur le front, serra sa cousine entre ses bras et, le cœur partagé entre la tristesse de cette séparation et le bonheur de retrouver son époux, prit le chemin de son village.

A la première oasis, elle fit halte et se baigna les

pieds dans l'eau d'un ruisseau qui dévalait depuis la crête. Puis elle ramassa une fleur qu'elle accrocha à son mince bagage. Elle regarda le ciel. Le soleil venait de poindre et enflammait la montagne. Une mésange bleue se posa auprès d'elle.

– Dieu est beau, murmura-t-elle, Dieu est beau.

Et elle reprit sa route. Pendant quatre jours elle parcourut la route des Crêtes et enfin elle arriva devant sa maison.

La voyant traverser la cour, Yosef, qui était dans son atelier, fut saisi d'une grande émotion. Aussi, il attendit qu'elle soit à l'intérieur pour la rejoindre.

Mais à peine avait-il posé son rabot qu'un groupe de femmes se précipitait en vociférant.

– N'est-ce pas Myriam, la fille d'Anne et de Joachim, qui vient d'arriver ? N'est-ce pas celle que tu as prise pour femme il y a plusieurs mois et qui t'a quitté aussitôt ? Et n'est-elle pas déjà grosse, alors que nous n'avons pas vu le linge taché de son sang au matin de votre hymen ?

Devant ces accusations, le charpentier éleva la voix.

– Femmes, qui donc êtes-vous pour douter de celle qui sera la mère de mes enfants ? Et n'est-ce pas vous qui l'avez surveillée pendant le temps de son deuil et celui de nos fiançailles ?

Alors, craignant, pour avoir peut-être manqué à leur devoir, la colère de leurs maris et de leurs fils et de leurs frères, elles se retirèrent, mais leur venin laissait une trace sur les lèvres de Yosef, et une plaie dans le cœur de Myriam.

Ainsi ce retour, qu'elle espérait comme un chant d'allégresse, fut sa première douleur de mère.

Myriam à Elishèba

L'été fut long, mon Elishèba. Je te savais souffrante et j'étais trop loin de toi pour te secourir. Heureusement, le muletier qui me porte habituellement de tes nouvelles m'a rassurée ce matin. Te voici à nouveau dans toute ta force et ton fils te donne mille satisfactions par jour.

L'été fut long, car je n'ai trouvé pour me recevoir ici que commérages et vilenies. Les femmes ont même questionné Yosef sur notre intimité après les noces. Un soir, alors que je les avais rejointes pour écouter la lecture des œuvres des prophètes, l'une d'elles m'a injuriée.

– Nous compterons les jours, m'a-t-elle dit, et qu'il n'y en ait pas un de moins, car alors nous te couvrirons de honte.

Je m'en suis retournée à la solitude de ma demeure, retenant mes larmes pour ne pas leur donner de quoi se réjouir. Mais mon pas était lourd de chagrin. Dans la prière, j'ai trouvé la force de leur pardonner comme le Tout-Puissant l'aurait fait. Qu'elles connaissent, ai-je demandé, ne serait-ce que le temps d'un tour de meule, un bonheur aussi riche que le mien !

Car c'est bien le bonheur, ma douce cousine, que de porter un enfant en son sein. Et d'avoir un mari comme le mien !

Mon père peut dormir du sommeil des justes, sa fille ne manquera pas de farine pour son pain, de bois pour son feu ni d'amour pour son cœur !

Et nous voici à l'automne et au temps des grandes fêtes. Hélas, ma douce, j'espérais pouvoir faire le voyage à Ièrusalem et venir te visiter, mais notre âne ne pourrait me porter jusque-là tant je suis grosse. Le pauvre se tuerait à la tâche ! Et puis, ne serait-ce pas mettre en danger la vie qui m'habite ?

Yosef ira donc seul au Temple tandis que je prierai ici pour nous tous, Elishèba, et pour le temps de nos retrouvailles.

Yosef partit de grand matin. La marche serait longue avant qu'il n'aperçoive les murs de la cité de David. Aussi, il ne prêta nulle attention à la couleur pourpre de la terre fraîchement labourée ni à l'odeur saine que portait la brise naissante. Il évita même d'engager la conversation avec les caravaniers dont il partageait l'étape. Il avançait sans détour. Soucieux.

Au troisième jour, il arriva, par la route de Béthanie, sur le mont de l'Oint. Nul ne pouvait rester insensible à la beauté de la ville établie par Dieu mais, en la découvrant par l'est, elle vous bouleversait encore davantage. Le Temple – le deuxième, celui qu'Hérode, grand bâtisseur devant les hommes et grand pécheur devant l'Eternel, avait fait construire pour apaiser ses détracteurs – éclatait d'or dans le pur azur du ciel. Sur le côté nord, la forteresse Antonia rivalisait de taille avec les trois tours du palais royal tandis qu'en fond de toile, les demeures asmonéennes triomphaient dans des camaïeux de vert, de rouge et d'ocre.

Mais ce que tout homme du Peuple élu ressentait en découvrant Ièrusalem n'était pas à proprement parler en relation avec son architecture ou le luxe de ses demeures. C'était plutôt un intime mélange de fierté et d'humilité.

Car Yavèh l'avait donnée, cette Terre promise à Abraham en récompense de sa fidélité. Et en donnant la Terre, Il avait permis l'établissement de la ville.

Et bien que tyrannisé, soumis, déchiqueté, dispersé, le Peuple élu l'avait gardée, l'avait sauvée afin que dans son Temple soit chanté le nom du Très-Saint pour les siècles des siècles.

Yosef savait tout cela. Il lisait le Livre, écoutait les anciens, étudiait la Parole. D'ordinaire, à l'approche des murs, il prenait un temps de repos, s'emplissait les yeux de cette magnificence divine et remerciait le Seigneur d'avoir accordé tant de félicité.

Aujourd'hui, son esprit est ailleurs. Il pense à Myriam. Il sait qu'elle souffre des commérages des femmes du village. Elle sourit, certes, mais elle a perdu cette gaieté qui la rend si désirable.

Alors, il s'arrête un instant et regarde la ville. L'enchevêtrement des terrasses joue au clair-obscur avec un dernier rayon de soleil. Les roux et les beiges des calcaires brûlés épousent la blancheur des marbres et toute la cité ondule d'un vallon à l'autre pour revenir se lover aux pieds du sanctuaire.

Demain, c'est le jour du repentir, *Yom Kippour* ! Pardonne à ton peuple, ô Tout-Puissant !

Demain, on chassera hors du Temple le bouc chargé des péchés de tous les enfants d'Israël.

Demain sera un jour nouveau pour le peuple de Dieu !

Et Yosef veut en faire un nouveau jour de joie pour son aimée.

Il serre ses doigts sur son bâton de pèlerin et, tel un défi, annonce à haute voix :

– Demain, je retournerai chercher Myriam et nous viendrons nous établir ici.

Puis il se lève, rasséréné et, par la porte Dorée, pénètre dans l'enceinte du Temple.

Alors seulement, il songe à louer le nom de l'Eternel.

Myriam à Yosef

Tu es parti depuis hier seulement et me voici déjà perdue en ton absence. D'ordinaire, tu t'enfermes tôt dans ton atelier et ne reviens que le soir, me laissant toute la journée à mes occupations de femme. Mais je te sais tout à côté et l'idée de ta présence me rassure. Et puis il y a les bruits : ton rabot sur la planche, ton marteau enfonçant une cheville de bois, et ces mille gestes qui envahissent l'air et m'apportent l'odeur de ton travail.

Je ne me rendais pas compte à quel point tu occupais mon silence. Je croyais ne vaquer qu'à mon devoir, ne me souciant que du moment de ton retour, afin que tu trouves ta maison accueillante et ton repas servi.

En fait, je prêtais l'oreille au moindre de tes mouvements, j'attendais que tu te déplaces, que tu murmures, que tu pries, et ainsi j'accordais ma respiration à la tienne.

Lorsque j'habitais chez Elishèba, je me demandais souvent comment serait ma vie auprès de toi. Je n'étais encore qu'une toute jeune femme connaissant peu de chose et me retrouver soudain en charge d'une maisonnée m'inquiétait beaucoup. Saurais-je répondre à ton attente ? Allais-tu aimer ma cuisine, ma compagnie ? Pourrais-je te dire mon sentiment, t'exprimer mes désirs ? Tant de choses que la plus parfaite des mères ne peut vous apprendre et qu'une jeune mariée doit découvrir toute seule.

Mais tu étais là, avec ta patience, et ta maison est devenue la mienne à l'instant même où j'en ai franchi le seuil.

Et, lentement, me comblant d'attentions délicates, tu as su te faire aimer. Te souviens-tu du jour qui suivit nos retrouvailles ? Les femmes commméraient dans la rue et je ne doutais pas qu'elles parlaient de mon état. J'en éprouvais un profond chagrin, mais ne voulais rien t'en dire car je pensais que ce sentiment était bien trop futile pour la pensée d'un homme.

Et toi, tu n'en disais rien non plus. Mais le soir, en revenant de la synagogue, tu m'as conduite à la fontaine. Là, devant tout le monde, tu m'as fait prendre de l'eau dans le creux de mes mains et, approchant tes lèvres de cette coupe de chair, tu as bu lentement, puis tu as fait de même pour que je me désaltère.

Ainsi, tu as renouvelé publiquement la promesse faite le soir de notre hymen, et j'ai su dans cet instant combien tu m'étais cher.

Et maintenant tu es sur la route, et je t'imagine cheminant sous le soleil, t'enroulant dans ton manteau pour dormir, t'arrêtant à l'heure de la prière.

Chacun de tes mouvements m'est devenu si familier qu'il me suffit de fermer les yeux pour te suivre.

Aussi, pendant que mon esprit te retrouve, mes

mains s'occupent de mille petites choses, mais tout ce qu'elles font, c'est pour que ton retour soit une fête.

Elles lavent le sol pour que tes pieds en le foulant restent purs, elles nettoient la pierre pour que tu puisses te reposer dessus, elles écrasent le grain de blé pour avoir une belle fleur de farine, elles préparent un gâteau parfumé au miel de raisin comme tu les aimes.

Et le temps ne compte pas. Je pense à ton impatience, toi que la sagesse guide en chacun de tes mots. Je pense à ton impatience qui durera jusqu'à ce que notre enfant pousse son premier cri.

Et que tu saches enfin que, pour premier-né, l'Eternel t'a bien donné un fils !

Il leur fallut une longue semaine pour faire le trajet depuis leur village jusqu'à Ièrusalem. Myriam s'était d'abord opposée à l'idée de quitter sa maison avant la naissance. Un si long voyage dans son état était risqué. Tant de femmes avaient ainsi perdu le fruit qu'elles portaient.

Mais la vraie raison qui lui faisait retarder ce départ était la crainte qu'il ne ressemblât à une fuite. Les commères auraient la partie belle pour la condamner, et elle, la jeune fille que Dieu avait désignée, ne voulait pas paraître coupable.

Le dernier argument de Yosef, qu'elle espérait secrètement entendre, l'avait gagnée à sa cause. Ne serait-elle pas ainsi à quelques lieues de sa chère Elishèba ?

Ce seul nom avait suffi pour qu'elle oublie tout le reste.

Un âne chargé de quelques nécessités et des outils de Yosef, le second portant Myriam, par la route de la plaine qui permettait des étapes plus faciles, ils se rapprochèrent lentement de la Ville sainte.

Mais il n'était pas un jour, un soir, sans que Myriam ne reçoive les bénédictions émues de nombreux pèlerins.

– Sois bénie, lui crie une vieille femme en soulevant son voile. Sois bénie, jeune épousée que l'Eternel a déjà comblée ! Sois bénie et n'oublie jamais de Le remercier !

Et plus loin, une autre, rejetée parce que stérile, vient toucher le ventre fécondé et comme elle sent l'enfant bouger, elle pose sa joue en larmes sur la chair tendue et murmure :

– Fasse le Tout-Puissant qu'ainsi mon sein tressaille !

Ils allèrent ainsi pendant plusieurs jours.

Et Myriam, oubliant les matrones de Nazareth, est tout à son bonheur de bientôt donner la vie.

Ils allèrent ainsi pendant plusieurs jours et arrivèrent paisiblement à proximité de la cité de David au sixième jour de la fête de Soukko.

En souvenir du temps où, guidé par Moïse, le Peuple élu errait dans le désert, chacun dressait une tente de peaux de chèvres, une cahute de branchages et retournait vivre dans la nature.

Ce soir est le dernier, le plus joyeux, le plus dansant, et le plus fastueux. De la musique et des mélopées s'élèvent déjà des campements, mais Yosef ne les entend pas. Il surveille attentivement le balancement de l'animal qui porte son épouse car, à plusieurs reprises, il a senti les sabots incertains sur le sol rocailleux.

Il continue son chemin, tirant sur la bride, et les portes de la ville étaient déjà fermées, il s'éloigne le plus vite possible des lieux de fête afin que Myriam puisse trouver quelque repos.

Après encore une heure de marche, ils arrivent en vue d'un petit village. Yosef, se tournant vers son épouse, comprend que le temps presse. Alors il s'arrête devant une grotte dont l'entrée fait face au sud, ce qui empêche le vent de s'engouffrer. Il en fait rapidement le tour. Elle lui paraît suffisamment large pour les recevoir.

Il aide sa jeune femme à descendre de l'âne. Puis il porte vite leur maigre bagage à l'intérieur. Mais aussitôt elle l'appelle :

– Yosef ! Yosef !

Il sort et la trouve appuyée contre le rocher. Il la soulève dans ses bras et la dépose dans la grotte. Rapidement, il lui fait une couche. Elle s'allonge. Malgré les premières douleurs, elle trouve encore le courage de rire en voyant l'affolement de son époux.

– Ne crains rien, lui dit-elle, je suis jeune et robuste. Et ma mère, avant de me quitter, m'a tout appris de ce qu'une femme doit savoir. Tout ira bien.

Et ce disant, elle entreprend de respirer en suivant les contractions et, doucement, elle sent l'enfant glisser hors de son sein. Il pousse un cri.

Yosef le saisit dans ses mains.

Et il sait alors que Myriam n'a pas menti.

Myriam à Elishèba

Ma tendre aimée, je veux bien donner douze enfants à mon mari s'ils me viennent tous comme le premier ! Le temps d'un souffle et voilà qu'il s'ouvrait à la vie comme un bouton d'asphodèle un matin de printemps !

Que de joie, ma douce, lorsque j'ai entendu son premier cri ! Que de joie ! Un enfant, mon enfant ! Ma chair, ma vie !

Un cri, son cri, et je tendis aussitôt les bras pour le recevoir. Mais c'est alors que je vis Yosef, affolé, ne sachant où donner de la tête. Ô ma douce, son embarras était tel qu'il portait au rire !

Fort heureusement, voilà que des femmes, certainement installées dans les champs pour le temps de la fête, envahissent soudainement la grotte et le font sortir, lui criant qu'un homme ne doit pas assister aux couches, que c'est un travail de commères et qu'il serait appelé en son temps. Ce qui dut le soulager grandement ! Et moi avec !

Puis, tandis que l'une nouait le cordon qui me

reliait encore à mon enfant, une autre ramenait de l'eau chaude pour le baigner et une autre encore le frottait de sel pour lui raffermir la peau.

Comment te dire, ma douce Elishèba, ce que leur présence m'apportait ? Un grand apaisement ? Le sentiment d'être entourée par les femmes de ma famille ?

Je ne sais, mais leur tendresse, leurs étonnements devant le nouveau-né transformaient ce minuscule abri en palais de roi.

Enfin, elles me présentèrent le fruit de mon sein, mon premier-né, un fils, comme le Tout-Puissant nous l'avait promis !

Et mon cœur de mère s'inonda de bonheur en le voyant. Et de crainte en le sachant si fragile.

Seigneur, protège mon enfant, laisse-lui cette vie qu'il vient de recevoir. Fasse qu'il connaisse sa cinquième Pâque et qu'il grandisse fort et honorable pour servir Ta gloire.

Alors seulement Yosef s'est approché. Il s'est penché vers moi, les yeux mouillés de larmes. Sans un mot, il a posé un baiser sur mon front.

– Voilà ton fils, lui ai-je dit en tendant l'enfant vers lui. Voilà ton premier-né, ton *békor* !

Il l'a pris et l'a posé sur ses genoux.

Et c'est ainsi qu'il l'a reconnu pour être sien.

Les femmes, chargées d'une nouvelle histoire à raconter, retournèrent à la fête. Yosef, de son côté, s'affaira d'abord auprès des ânes, les installant à l'intérieur, apportant de la paille pour leur litière. Puis il calfeutra l'entrée de la grotte avec des branchages sur lesquels il tendit une grosse toile de chanvre. Ainsi, la chaleur des bêtes les protégerait tous du froid.

Alors seulement il prit un peu de repos. Il posa une lampe dans un creux de la paroi avant de s'allonger à même le sol. Aussitôt des reflets animèrent la voûte tandis qu'une douce pénombre recouvrait la mère et l'enfant. Myriam dormait, allongée sur le côté, la tête appuyée sur un bras replié. Sa couverture d'agneline blanche enveloppait son corps épuisé mais aussi, comme si elle tissait un lien entre les générations, le corps minuscule du nouveau-né.

Des murmures, des chuchotements attirèrent l'attention de Yosef. Des maraudeurs ? Il se saisit d'une lanière de cuir et poussa la tenture qui fermait l'entrée. Une étoile faisait éclater le noir de la nuit en un millier de petites chrysalides, formant autour de la grotte une luminescence boréale.

En ombre sur le fond de ciel, écrasés sous leurs grandes houppelandes, leur bâton à la main, des bergers attendaient.

– Une femme nous a prévenus, dit l'un d'eux.

Et il tendit les bras, offrant une écuelle de fromage. Un autre s'avança et donna une gourde de lait.

– Pour la mère, dit-il.

Puis il demanda :

– Un fils ?

– Un fils, répondit Yosef.

– Un fils premier-né, un *békor* ?

– Un *békor*, confirma le charpentier avec un sourire radieux.

Alors les bergers le félicitèrent longuement, car c'est une grande bénédiction que d'avoir un *békor*. Puis, l'un d'eux s'approcha de Yosef et montra une étoile dans le ciel.

– Il porte le signe, dit-il. Il est né sous une nouvelle étoile.

Et, sans le laisser répondre, il demanda :

– On peut le saluer ?

Alors l'heureux père souleva la toile. Ils entrèrent dans la grotte.

Et saluèrent ce fils premier-né qui, selon la Loi, appartenait au Créateur.

Myriam à Elishèba

Nous sommes restés ainsi, sept jours pleins, au chaud de la grotte. Sept jours pendant lesquels Yosef n'eut soin que de moi et de son fils.

Chaque instant fut nôtre car nous étions isolés du reste du monde et, mis à part la visite quotidienne des bergers qui nous portaient pain et fromage, nous n'avons vu âme qui vive.

Le deuxième soir, je me suis levée. Yosef m'a aidée à faire quelques pas dehors. Le vent balayait la terre, poursuivant les senteurs de l'automne jusque devant chez nous. J'en ai pris une grande bouffée avant de me remettre à l'abri.

Il faisait froid, mais notre nid était si confortable que je serais bien restée plus longtemps, ma douce cousine, car ici mon fils n'appartenait qu'à moi, et l'avoir sans cesse sous les yeux était une grande félicité.

Mais nous ne pouvions vivre ainsi sans maison et sans atelier pour Yosef.

Alors nous avons repris la route et sommes allés à Ièrusalem. Des amis nous accueillirent et plusieurs générations de femmes m'entourèrent immédiatement, me prodiguant leurs conseils, leur savoir.

Il en était toujours une pour vouloir le bercer, changer son linge, le calmer lorsqu'il pleurait. La plus âgée venait sans cesse le regarder dans son sommeil.

– Il dort, marmonnait-elle, il dort encore.

Et, à peine s'était-elle éloignée que sa fille venait à son tour se pencher sur le panier.

– Il va se réveiller, me disait-elle, prépare ton sein car il aura faim.

Ce va-et-vient et leurs réflexions me contrariaient au plus haut point. « Il est mon fils, avais-je envie de leur dire, et bien que je sois jeune, je sais ce que je dois faire. »

Au lieu d'être comblée par leurs attentions, j'avais l'impression qu'elles me volaient mon enfant.

Ô ma tendre cousine, j'étais jalouse, oui, maintenant je le sais, j'étais jalouse de leur affection pour cet enfant, car je ne voulais le partager avec personne d'autre que toi.

Mais lorsque j'ai vu la fête qu'elles avaient préparée pour célébrer son entrée dans la grande famille du Père, je m'en suis voulu d'avoir eu de mauvaises pensées, alors qu'elles n'avaient que de l'amour.

Toute femme, me suis-je dit, toute femme n'est-elle pas d'abord une mère devant un enfant qui s'éveille à la vie ?

Et je me suis souvenue encore une fois de toi, Elishèba, toi qui fus la mienne alors que tu n'avais même pas connu d'époux.

Aussi, après que le *Mohel* eut fait son office, après que d'un coup de stylet il eut coupé le prépuce et marqué mon fils du sceau de l'Alliance avec le Tout-

Puissant, après que, selon Son ordre, il ait été nommé Ièshoua', j'ai offert à ces femmes de prendre soin de lui, de lui mettre sur la plaie l'emplâtre d'huile, de vin et de cumin qui vient calmer la douleur et que seule une mère doit poser.

Ô ma douce, il n'est pas de mots qui puissent dire leur bonheur ! Il ruisselait comme une coulée de miel doux !

Et maintenant, j'attends chaque jour avec impatience une autre joie, ma douce Elishèba. Une joie tout aussi simple, tout aussi grande.

Pouvoir me rendre à Aïn Karem !

L'hiver vint vite. Un mois tout juste après la naissance de Ièshoua', la neige couronnait le mont Nebo. Lorsque ce fut le temps d'accomplir le rite du rachat, c'est dans un vent glacial que Myriam et Yosef prirent le chemin du Temple.

Ne voulant pas s'imposer dans la maison de Zekkariah, Yosef avait finalement choisi de rester à Ièrusalem. On trouvait plus facilement du travail dans la grande ville, et le village de Aïn Karem était suffisamment proche pour que les deux cousines se retrouvent aussi souvent qu'elles le souhaiteraient.

Yosef, qu'une solide réputation précédait, s'était tout de suite vu confier un chantier, ce qui lui avait permis d'installer confortablement sa famille dans une petite maison du quartier nord.

Ce matin, il a chaudement enroulé son fils dans la couverture de laine blanche et, d'un pas fier, s'est dirigé vers le Temple. Dans sa bourse sonnent les cinq sicles d'argent de l'offrande. Myriam, elle, porte les deux colombes que le prêtre sacrifiera sur l'autel.

Malgré le froid, le charpentier ne veut pas emprunter la rue qui mène directement au Saint des Saints, car il lui faudrait passer devant la forteresse Antonia dont l'imposante carrure domine la demeure de l'Eternel.

Chaque fois qu'il l'aperçoit, il se demande comment les prêtres ont pu laisser cet impie d'Hérode construire un bâtiment dont les tours dominent le Sanctuaire. Ne dirait-on pas l'œil du malin surveillant le jardin du Seigneur ?

A cette seule pensée, il sent la colère poindre en lui. Il presse davantage Ièshoua' contre sa poitrine et fait un détour en longeant le deuxième mur d'enceinte puis, par la porte des Jardins, descend une ruelle qui le ramène vers le palais de la *Gerousia*. Ainsi il arrive devant le mur ouest du Temple sans avoir même aperçu la forteresse honnie. Il ralentit enfin le pas, et se retourne.

Myriam est derrière lui, le visage rosi par le fouet du vent mais souriante sous son voile.

Leurs regards se croisent, un bref instant. Juste le temps de se dire, en silence, les plus beaux mots d'amour.

Alors, Yosef s'écarte, et Myriam, prenant à son tour son fils dans ses bras, gravit l'escalier qui mène au parvis des Gentils.

Mais à peine a-t-elle dépassé la porte qu'un vieillard vient à elle.

Myriam à Elishèba

Ses yeux se sont posés dans les miens comme s'ils cherchaient à envahir mon âme. Il y avait un subtil mélange d'adoration et de crainte dans son regard. De ses lèvres entrouvertes s'échappa, timidement, un balbutiement.

– Je m'appelle Siméon, me dit-il, et je viens vers toi, Myriam, femme comblée, pour te dire ma joie. Ainsi l'Unique, béni soit Son Nom, m'a gardé jusqu'à ce jour pour que je puisse voir Son fils parmi les hommes. Et ainsi il a fait de toi l'outil de Son dessein, et te voilà, ton enfant dans les bras, mère devant l'Eternel.

L'homme me parut profondément troublé. Lorsqu'il avança la main pour toucher Ièshoua', j'eus un léger mouvement de recul. Il le sentit et, se redressant de toute sa carrure, il ouvrit les bras comme si on allait le crucifier.

– N'aie point peur d'un vieillard, me dit-il d'une voix forte, car à toi qui as entendu Sa parole, Il m'envoie dire encore ceci : Cet enfant verra la chute et le relèvement d'Israël, et toi-même, un jour viendra où le glaive transpercera ta vie afin que soient dévoilés les débats de bien des cœurs.

Ses propos me parurent décousus de sens. Cet homme était-il simple d'esprit ou bien prophète ? Et si tel était le cas, que voulait-il m'annoncer en termes si obscurs ?

Je me suis tournée vers Yosef. Il était d'une extrême pâleur. D'un geste brusque, il a saisi son fils et s'en est allé. Siméon est resté figé dans sa posture. Une vieille femme s'est alors approchée de nous. Je l'avais déjà vue dans Ièrusalem. C'était Anne, qui vivait dans l'entour du Temple et passait son temps à louer Dieu.

Avant même qu'elle ne me parle, je m'élançai à la suite de mon époux et de mon fils. Je les rejoignis alors qu'ils atteignaient le parvis des Femmes.

Yosef marqua un temps d'arrêt, comme pour m'attendre. Il me sourit, mais l'expression de son visage était bien trop grave pour pouvoir être dissimulée par un simple sourire.

Je voulus lui poser une question, mille questions. D'un doigt sur mes lèvres, il me fit comprendre qu'il ne voulait pas entendre, qu'il ne voulait pas répondre.

– Je suis là, me dit-il simplement. Je suis là.

Je sus alors que, lui vivant, rien de mal ne pouvait nous arriver.

En ce temps-là, Hérode, l'esclave iduméen de Rome, le valet d'Auguste, le bourreau des justes, était roi de Judée, de Galilée, de Samarie et de Pérée.

Et ce, depuis trente années longues et détestées parce que chacune d'elles portait le nom d'un massacre, d'une tuerie, d'une vengeance royale. Dix épouses s'étaient succédé dans son lit. Dix épouses mortes noyées, étouffées, étranglées. Même Mariamme, la seule qu'il ait aimée, même Mariamme et les deux fils qu'elle lui avait donnés n'avaient pas trouvé grâce à ses yeux.

Il vaut mieux être le porc d'Hérode, disait-on, que son fils. Car l'impie qui ne respectait même pas la vie de ses enfants suivait, par contre, l'interdiction faite par la Loi de manger la chair de cet animal.

Il ne limitait pas ses meurtres aux intrigues de palais. N'avait-il pas fait pendre quelques centaines de Pharisiens qui l'avaient critiqué un peu haut ? Ou encore, brûler vifs de jeunes garçons pour avoir arraché l'aigle placé par lui sur la porte du Temple, bravant l'interdiction faite par Dieu d'adorer des images ?

Mais voici qu'il approche de la fin. Le mal qui le

ronge ne lui laisse aucun répit. Il se couvre de pustules, il hurle la douleur par tous les pores de son corps meurtri. Il devient fou, encore plus fou, car il a peur qu'on le vole, qu'on lui prenne les immenses trésors amassés au cours de sa vie.

Trois hommes se présentent devant lui. Trois hommes venus, paraît-il, des riches contrées de l'Orient. Astronomes, interprètes de songes, visionnaires ? Nul ne le saura jamais, car ils disparurent sans laisser d'autre trace que d'avoir suscité son courroux.

Quelles nouvelles portaient-ils ?

Un roi est né ! Voilà ce qu'ils lui ont annoncé.

Un roi est né, dans ce pays qu'il croyait être sien, et tout son être tremble à l'idée de perdre ce royaume si chèrement acquis.

Un roi ! Mais où ?

Et Bethléem sort de l'ombre millénaire dans laquelle elle était enfermée.

Bethléem ! Le hameau qui avait vu naître le berger devenu roi, le bâtisseur de la Ville sainte, et dont la lignée restait la seule à pouvoir réclamer le trône d'Israël.

Un roi ! Mais quand ?

Les astrologues royaux fouillent les étoiles. Six mois, un an ? Davantage ?

Qu'importe ! Hérode le Grand ne veut pas que soit troublée son agonie. Alors, dans un dernier geste meurtrier, il ordonne que soient massacrés tous les garçons de Bethléem ayant moins de deux ans.

Et dans le sang des innocents qui périrent sous les coups de ses tueurs, il inscrivit la première ligne d'un autre règne, qui, lui, n'aurait pas de fin.

Myriam à Elishèba

Est-il écrit que nous ne nous reverrons pas ? Est-il écrit que nos prières ne seront pas exaucées ? Ô mon adorée, alors que j'étais à quelques lieues de ta maison, alors que j'attendais un rayon de soleil printanier pour te visiter, voici qu'il nous a fallu fuir pour échapper à je ne sais quel danger.

L'aube n'avait pas encore paru lorsque Yosef est venu me réveiller. Au pli qui barrait son front j'ai lu son souci. Il a caressé mon visage pour m'apaiser, mais ses doigts tremblaient sur ma joue. Il m'a dit très vite, à voix basse :

– Myriam, il nous faut partir, sans tarder.

Et sans attendre ma question, il a ajouté :

– Pour Ièshoua'.

Alors, je me suis levée d'un bond et me suis précipitée vers mon fils. Il dormait. J'ai soupiré en le voyant aussi paisible, bien que sa vie, comme celle de tout enfant, ne tienne encore qu'à un fil.

Combien ont été emportés en une journée, ne laissant à leur mère qu'un berceau vide pour y verser ses larmes ? Combien n'ont jamais connu le deuxième ou troisième anniversaire de leur naissance ?

Mais cette nuit-là, je sentis tout de suite qu'un autre danger le menaçait. Yosef n'avait pas besoin de m'expliquer. J'ai rassemblé en hâte quelques affaires et j'ai retrouvé mon aimé dans la courette de notre maison. Il était déjà en train de bâter l'âne. Le temps pressait. A ma grande surprise, Zekkariah, ton mari, était avec lui. En me voyant, il s'est approché, les mains tendues. Des larmes coulaient de ses yeux et se nichaient dans les rides de son visage.

– Ta chère Elishèba, me dit-il en m'embrassant, est tout attristée de ne pas te voir avant ce départ, mais vous n'avez pas de temps à perdre. Il vous faut aller vite, par des chemins détournés.

Puis, percevant mon trouble, il ajouta :

– Yosef sait.

Je compris qu'il ne me fallait rien demander. Alors, lui confiant Ièshoua', je me hissai sur l'âne. Il le garda un instant, hochant la tête avec une drôle de mimique, comme s'il voulait le faire rire. Mais je sais aujourd'hui qu'il y avait trop de douleur sur son visage pour que son hochement soit un jeu. Ce n'était pas une prière ; c'était une supplique.

Il ne m'entendit même pas lorsque, par deux fois, je demandai des nouvelles de ton fils, de ta santé. Il restait là, debout, perdu dans ses pensées.

Yosef s'approcha alors de lui. Ils échangèrent quelques phrases à voix basse. Puis Zekkariah leva les bras pour me rendre Ièshoua' et, dans ce geste, les manches de sa robe glissèrent en arrière.

J'eus alors la terrible vision d'un ruisseau de feu coulant le long de ses bras dénudés.

Je saisis mon fils et le recouvris de ma couverture, tandis que l'âne nous emportait dans la nuit.

Trois mois durant, ils marchèrent. Le premier jour, forçant le pas, ils se dirigèrent vers le nord. Après avoir parcouru quelques lieues dans la plaine, ils s'enfoncèrent dans les collines. Evitant villages et caravanes, ils poursuivirent leur route des heures durant.

Tandis qu'ils avançaient, Myriam attendait que Yosef lui explique. Mais Yosef se taisait. Il ne pensait qu'à s'éloigner du royaume d'Hérode, il ne pensait qu'à son fils.

– Je suis venu te prévenir, lui avait dit Zekkariah, car des hommes, des savants disent certains, en tout cas des voyageurs venus de contrées lointaines ont été reçus par Hérode. Ils cherchent le roi des Juifs. Tu entends, le roi des Juifs ! C'est un enfant, paraît-il, qui vient de naître quelque part en terre de Judée et qui montera un jour sur le trône de David.

Alors Yosef, qui avait d'abord écouté d'une oreille distraite les propos du vieil homme, se rappela soudain les paroles de Siméon le prophète.

– Et depuis, avait repris le mari d'Elishèba, ce vieux fou d'Hérode a peur. Il a peur de perdre tout ce qu'il a volé au cours de sa vie. Et sa folie n'ayant pas de limite, il est capable de toutes les perfidies, de tous les crimes. Rien ne l'arrêtera, même pas la vie d'un enfant.

Comprenant le danger que courait son fils, le charpentier avait décidé qu'il fallait fuir, et il avait aussitôt réveillé Myriam.

Ils avançaient. Nuit, froid, neige, lèvres brûlées, jambes lourdes. Ils avançaient. Le deuxième jour, Yosef décida de gagner les rives de la mer Morte et d'éviter les vallées verdoyantes infestées de Romains. Le soleil venait à peine de disparaître lorsqu'ils atteignirent la source de l'Aïn Feshkha, auprès de laquelle, depuis bien longtemps, s'était installée une communauté religieuse opposée aux prêtres du Temple.

Sbires et Romains ne venaient jamais jusque dans ces coins reculés et Yosef pensait, à juste titre, pouvoir trouver ici un peu de repos avant de reprendre la route.

Ils s'installèrent à proximité du bâtiment central, dans une bergerie en partie creusée dans le rocher. Myriam déposa l'enfant dans une niche et alluma un feu de brindilles. Yosef s'empressa de décharger et de nourrir les bêtes. Une femme apporta un brouet de fèves. Myriam la remercia. Elle sortit d'un sac un morceau de pain d'orge et ce qui restait d'un fromage. Le repas du soir était assuré.

Alors Yosef se tourna dans la direction du Temple et entama la prière. Myriam se joignit à lui. Mais son esprit vacillait de fatigue et, suivant le mouvement incertain de la flamme, ses paupières se fermaient, s'ouvraient, se fermaient encore.

Lorsque Yosef termina l'Alléluia, il n'y eut plus pour

troubler le silence que le craquement des branches dans le feu et le souffle d'une toute jeune femme endormie, la tête posée sur sa couverture d'agneline blanche.

Trois mois durant ils marchèrent. Ièshoua', bercé par le trottinement de l'âne, ne se réveillait que pour chercher le sein de Myriam et, goulûment, se rassasier du lait maternel. Puis il gardait un instant encore les yeux grands ouverts sur le bleu du ciel avant de plonger à nouveau dans le sommeil.

Trois mois. De Feshkha au pied des monts de Judae, d'une rivière à un oued, d'une dune à un repli de terrain, d'une nuit de pluie à une nuit étoilée.

Enfin, après une dernière colline de rocailles et de sable, ce fut la terre des pharaons. Cette terre que le Peuple avait fuie plus de mille ans auparavant et qui redevenait aujourd'hui une terre d'exil.

Epuisé, meurtri, Yosef s'agenouilla dans le sable et pleura. Puis il se redressa, et soudain, un feu intense dilatant ses pupilles, il laissa éclater sa colère.

Myriam à Elishèba

Nous avons marché, jour après jour, et tandis que Yosef guidait nos pas, je ne me souciais que de cet enfant que je portais contre moi.

Qu'a-t-il fait pour courir si grand danger qu'il nous ait fallu fuir, en pleine nuit, comme des voleurs ? Qu'est venu dire Zekkariah ? Que sait Yosef que je ne peux savoir ?

Parfois, le doute me gagnait. Est-ce bien mon fils que l'on cherche ? Ou est-ce son père ?

Et, comme tu le sais, ma douce Elishèba, je n'avais qu'une autre question pour répondre à la précédente.

Yosef, lui, se taisait. Il avançait. Il cherchait un refuge, allumait un feu, attachait l'âne dans un pré.

Et dès qu'un étranger s'approchait de nous, dès qu'une femme posait un regard sur le fruit de notre amour, il accélérait le pas, nous faisant disparaître avant même qu'un mot ne soit échangé.

Puis ce fut le désert. Et lorsque je me suis trouvée devant cette immensité de solitude qu'il voulait nous faire traverser, j'ai cru que, à son tour, il était devenu fou.

J'ai eu peur. Oui, j'ai eu peur, je l'avoue ! Mais que pouvais-je faire ? C'était le désert ou le retour ! D'un côté ou de l'autre, il fallait se livrer à l'inconnu !

Mais jusqu'à ce jour Yosef n'avait jamais faibli, jamais manifesté la moindre crainte, le moindre doute. Il nous avait fait avancer, calmement, ne se préoccupant que de notre quotidien, de notre fatigue, de notre lendemain.

Alors j'ai choisi de remettre le sort de mon enfant entre les mains du Tout-Puissant et de suivre mon époux.

Et il nous guida dans ce long périple à travers les sables et les champs de pierres, et nous conduisit, sans prendre de répit, au fond du monde.

Au loin le soleil descendait rapidement tandis qu'aucune étoile ne se montrait encore dans le ciel. Il s'est alors tourné dans la direction du Temple, mais au lieu de baisser la tête en signe d'humilité, il s'est redressé, le bras tendu vers le ciel, le poing serré, face à l'Eternel, comme Moïse sur la montagne, et sa voix portée par la colère a envahi le crépuscule :

– Ô Lumière des lumières, Toi au nom imprononçable, qu'avons-nous fait pour mériter pareil châtiment ? Pourquoi cette fuite, ces nuits de cauchemars, ces journées de douleur ? Et pourquoi faut-il que coule encore le sang de Ton peuple ? Et faudra-t-il qu'il coule encore dans les siècles à venir pour expier la faute de ses ancêtres ? N'a-t-il pas déjà versé un lourd tribut ? Ne mérite-t-il pas enfin le repos ? Et ces enfants, Seigneur, ces enfants qui sont les fruits de

Ton arbre, la semence de demain, la chair créée par Ton ouvrage, pourquoi doivent-ils payer de leur jeune vie la folie et l'orgueil d'un vieux fou ? Hérode a-t-il besoin d'un peu plus de puissance ? N'a-t-il pas assez de sang sur les mains pour vouloir encore celui de nos fils ? Où es-Tu, Adonaïs Elôhim ? Que fais-Tu pour ne plus avoir le temps de regarder mourir Ton peuple ?

Alors, ayant crié sa douleur, il baissa les bras et appuya sa tête contre mes jambes et me dit :

– Me pardonneras-tu, mon aimée, de ne t'avoir offert que le délabrement et le doute, toi qui m'as comblé de joie au premier instant de notre rencontre ? Me pardonneras-tu de t'avoir égarée, de n'avoir pas su te donner le repos et aujourd'hui encore de ne savoir en quel lieu te guider ? Myriam, étoile de mes nuits, source d'eau pure, jouissance de vie, dis-moi où doivent aller nos pas ?

Et ainsi je découvris la vérité. Et je voulus lui poser les mille questions qui m'accompagnaient depuis notre départ. Pourquoi ne pas m'avoir dit plus tôt la cause de notre fuite ? Qui sommes-nous, femmes et mères, pour ne pas avoir le droit de savoir ? Peux-tu imaginer, mon époux, combien de fois j'ai douté de toi, de ta raison ? Ne pouvais-je partager tes soucis ? Et maintenant tu viens vers moi, épuisé par tant de luttes, de veilles, et tu me demandes de te tendre la main, de t'indiquer le chemin !

Ne devrais-je plutôt, à mon tour, te faire part de mes craintes ? Et n'ai-je pas également le droit de te faire un reproche ?

Mais je sais que ce que tu as fait, tu l'as fait pour sauver notre fils, notre chair. Et je ne peux t'en vouloir de ne pas m'avoir instruite, moi encore si jeune et sans secours.

J'ai pensé à toi, mon Elishèba, à ton dévouement. Et j'ai compris que mon ressentiment importait peu, que si aujourd'hui mon aimé avait besoin de mon réconfort, je devais le lui donner sans retenue. N'est-ce pas la place d'une femme que d'être là pour aider ceux qui l'entourent ?

Je lui ai simplement répondu :

– Yosef, nous sommes arrivés ici par la grâce de Dieu. Remercions-Le de nous avoir épargnés et, à travers cette épreuve, d'avoir renforcé notre amour.

Alors seulement nous pourrons trouver le repos.

Egypte. Esclavage. Moïse. Liberté.

Quatre mots que tout Juif porte en lui comme une éternité. Egypte, pays des pharaons dans lequel, courbés sous le fouet, les fils d'Abraham connurent la déchéance et le malheur.

Et voici que naquit Moïse. Et l'enfant sauvé des eaux sauva le Peuple élu. Sur le mont Horeb, Dieu lui remit les commandements, puis le guida jusqu'à la Terre promise. Sa tâche accomplie, il s'assit sur la dernière montagne et regarda sa descendance fouler le sol béni.

Douze siècles s'étant écoulés, Yosef, Myriam et un enfant nouveau-né font le chemin en sens inverse.

Et la terre du malheur devient terre d'asile, tandis que la folie meurtrière ensanglante Israël.

Hérode mourut au matin de Pâque et dans Ièrusalem naquit l'espoir de jours meilleurs. Mais le serpent n'enfante pas un agneau. Au père assassin succédèrent des fils meurtriers. Antipas, le cadet, hérita de la Galilée et se vautra dans le péché, tandis que l'aîné, Archélaüs, fils de la Samaritaine Maltake, recevant le trône de Judée, d'Idumée et de Samarie, assit son règne sur trois mille corps inondant de leur sang le parvis du Temple. Seul, Philippe, héritant des terres du Nord, préféra consacrer son temps et son savoir à étudier les sciences, écrire des poèmes et découvrir les sources du Jor et du Dan dont les eaux réunies avaient taillé le grand sillon du *Ghor*. Mais, oubliant ses racines et se soumettant entièrement au bon vouloir de l'envahisseur, ne devint-il pas le plus romain des esclaves royaux ?

Et devant l'incurie des roitelets hérodiens, la terre de Juda s'enflamma de toutes parts. Vols, viols, pillages, destructions devinrent le lot d'un peuple soumis à la barbarie des uns, à la sauvagerie des autres et tandis qu'un berger se proclamait gouverneur de Judée et qu'un assassin se couronnait roi de Galilée, l'envahisseur romain, pour rétablir l'ordre, envoyait ses troupes syriennes et crucifiait deux mille fils d'Israël !

Cet amas purulent de sauvageries dura deux années pleines, comme si la folie d'Hérode n'avait servi qu'à contenir la folie d'un peuple sans cesse opprimé.

Puis, la raison reprit le dessus et les factions ennemies parlèrent enfin de paix.

Maintenant que le retour semblait possible, Yosef pensa à rentrer, car l'amour de la Terre est comme la clémence de Dieu, plus fort que tout.

Il n'attendait plus qu'un signe pour se décider.

Et ce signe lui vint par la bouche d'un enfant.

Myriam à Elishèba

Trois ans déjà que nous avons fui. Trois ans si vite passés qu'il ne reste en ma mémoire que les petits riens qui font et défont la maille des jours. Et dans le filet ainsi tressé, la naissance de Iacob ! Deux fils pour me combler de joie ! L'Eternel nous prouve encore une fois qu'Il ne nous a pas abandonnés.

Dès notre arrivée ici, après cette longue errance à travers le désert, nous avons trouvé gîte, couvert et travail. Et la paix, Elishèba.

Installée aux abords de la grande ville, dans une maison aux murs blancs, j'ai pu m'occuper des miens tout en cultivant un petit jardin tandis que Yosef, infatigable, allait d'un chantier à l'autre et pourvoyait à nos besoins. Il y avait une synagogue à proximité et j'étais heureuse qu'il puisse parfaire son étude des livres et surtout, rencontrer des hommes, si différents de ceux de nos villages.

Souvent, il m'entretenait de leurs longues discussions. Le souvenir des conversations avec mon père me permettait d'entendre ses propos et, parfois, de lui faire part de mes sentiments. Mais je sentais bien que, malgré le calme qu'il affichait, il bouillonnait d'impatience et de colère.

Un soir, alors que les nouvelles reçues de Ièrusalem étaient particulièrement sombres, il s'emporta contre les prêtres du Temple.

– Leur bassesse n'a d'égale que leur cupidité, me dit-il. Ils ont laissé Hérode ruiner le pays, assassiner nos enfants et salir le Saint Nom de l'Unique. Et maintenant, alors qu'ils devraient profiter de la division du royaume et de la faiblesse de l'occupant pour nous rendre notre dignité, ils continuent de se complaire dans la servilité, pensant à leurs intérêts plus qu'à leurs devoirs. Ont-ils oublié ce qui est écrit dans le Livre ? Ont-ils perdu le sens de l'honneur ? Un jour, si nous n'y prenons garde, ils nous laisseront à la merci des Romains et leur abandonneront le droit de nous juger.

Un vent de rébellion soufflait-il dans la petite synagogue du bout de la rue ? Un peu, sans doute, mais avec Yosef, ce vent se transformait vite en tempête.

– Insupportable ! Insupportable ! criait-il.

Puis il s'asseyait, épuisé par sa colère, gêné surtout de n'avoir pas su se maîtriser. Il retrouvait son calme, et moi, le Yosef timide de notre première rencontre.

Et voici que, hier matin, alors qu'il finissait de dire la prière, Ièshoua' s'est levé, s'est approché de son père et, le visage encadré par ses deux petites nattes frisées tombant sur ses oreilles, tourné dans la direction du Temple, il a simplement dit :

– Amen !

Le silence a envahi notre demeure. J'ai senti mon cœur bondir de joie. Yosef, lui, est resté figé, tandis que Ièshoua', sans bouger d'un pied, les mains ouvertes, a répété :

– Amen !

Dissimulant son émotion, Yosef s'est approché de son fils et, le saisissant de ses mains solides, il l'a soulevé dans l'air, le faisant tournoyer comme un fétu de paille, et l'enfant, loin d'être effrayé, a laissé éclater un rire sonore.

Yosef a ri aussi. Et moi, j'ai discrètement essuyé une larme.

Voilà pourquoi, ma chère Elishèba, je vais enfin te revoir. Car le soir même de ce jour béni, Yosef, en rentrant de son chantier, a pris son aîné dans ses bras et m'a dit simplement :

– Je veux qu'il grandisse dans le pays de nos Pères.

Et comme il y avait dans le coin sombre de la pièce un amoncellement de colis et de paniers serrés dans des toiles de chanvre, mon époux, voyant à quel point je le comprenais, s'est approché et, sans se soucier des enfants, a déposé un baiser sur mes lèvres.

Ô Elishèba, te revoir ! Que de tendresse à partager, que de choses à se dire, que de silence à écouter ensemble. Ô combien m'a pesé ton absence ! Toi, ma petite mère, mon autre moi-même, je vais pouvoir enfin prendre soin de tes vieux jours comme tu as eu soin de mon enfance.

Demain à l'aube, nous partirons, et je frémis de joie en pensant à cet instant béni qui nous verra à nouveau réunies.

La caravane atteignit la colline des Oints à l'instant où le soleil caressait d'un dernier rayon l'or des murs du Temple. Très vite, la nuit assombrirait l'horizon, mais Yosef et Myriam s'abandonnèrent au spectacle offert à leurs yeux et laissèrent parler leurs cœurs.

Eternelle cité de Dieu ! Vers toi tous les regards ! Vers toi toutes les prières ! Béni sois-tu, David, pour avoir construit Ièrusalem !

Puis Yosef se tourna vers Myriam. Bien que son visage fût dissimulé par le foulard qu'elle serrait d'une main, il vit la soie de sa peau briller d'un éclat inhabituel. Alors il s'approcha d'elle et, la tirant vers le creux de son épaule, il sécha les larmes qui ruisselaient sur ses joues.

– Demain, dit-il, nous dormirons dans Ièrusalem.

Elle se blottit un peu plus entre ses bras.

– Et le jour d'après, murmura-t-il, nous irons à Aïn...

Elle posa un doigt sur ses lèvres pour l'empêcher de poursuivre. Puis elle se dégagea de son étreinte et fit quelques pas. Alors, Yosef la vit dénouer son foulard, libérer sa longue chevelure et soudain, la jeune fille donnée par Yavèh, la mère de ses enfants, la femme qui avait survécu à l'exil, aux privations, celle qu'il appelait encore, après trois ans de vie commune, sa source fraîche, la colombe de son nid, celle qui était sa force, son espoir, son lendemain, celle-là même dansait maintenant devant lui, pieds nus, mêlant rires et pleurs, tournoyant dans l'air parfumé de ce premier soir d'été.

Et elle entama un chant, et sa voix cristalline, en rejoignant les premières étoiles, transperça la nuit enfin venue.

– Alléluia ! Alléluia ! Demain, dans Ièrusalem ! Demain, nous sacrifierons l'agneau. Demain, jour de Pâque ! Alléluia !

Lorsque, au petit matin, s'ouvrirent les lourdes portes de la ville, au premier rang de la foule bigarrée qui pénétra dans la cité de David, se trouvaient un homme portant un jeune garçon sur ses épaules, et une femme tenant un nouveau-né dans ses bras.

D'un pas alerte, transportés par leur foi, ils gravirent en priant le chemin qui menait à la demeure de l'Eternel.

Myriam à Elishèba

Quelques lieues seulement et je serai enfin près de toi ! Ô ma bien-aimée, mon Elishèba adorée, il ne m'est de plus grande joie que celle de ce retour.

Ce matin, alors que Yosef se mettait en quête d'une maison pour nous accueillir, je ne pouvais fixer mon attention sur ce qu'il me disait. Je n'arrivais même pas à préparer le repas. Je ne pensais qu'à ta surprise lorsque je m'avancerais, tenant Ièshoua' par la main, portant Iacob sur le bras. Ou bien peut-être, je laisserais mon aîné faire grincer la porte de ta cour et aller timidement jusqu'à la fontaine tandis que j'attendrais, le cœur battant, de retrouver d'abord le son mélodieux de ta voix.

Tu lui demanderas son nom et, devant son silence, tu t'approcheras, et soudain tu le reconnaîtras, car il a les traits de mon père, son air grave, sage, avec ce regard qui porte au-delà du cœur. Tu le reconnaîtras, bien que tu ne l'aies jamais vu, parce qu'une mère sait toujours à qui appartient un enfant.

Alors je marcherai vers toi et nous n'aurons pas besoin de mots pour savoir notre bonheur.

Et maintenant je suis là, devant ta maison, et le doute m'assaille. Il en est toujours ainsi à la fin d'un long voyage. Les dernières minutes avant l'embrassement sont les plus longues à vivre. Je me sens petite fille, comme autrefois lorsque j'attendais ton baiser avant de m'endormir. J'entendais ton pas dans la cour et je faisais semblant de sommeiller. Tu soupirais, disant à haute voix que tu étais venue pour rien puisque je dormais déjà. Et tu t'éloignais aussitôt, mais avant que tu n'atteignes le seuil, je me dressais et riais de t'avoir ainsi trompée.

Tu revenais rapidement vers moi, l'air courroucé, et tu me grondais, me pinçais le bout du nez, mais tu ne pouvais retenir plus longtemps ton rire et tu m'attrapais, et tandis que je me tortillais pour t'échapper, tu me couvrais de baisers.

Et maintenant je suis devant ta maison et je pense encore à tes bras m'enveloppant les soirs de tristesse.

– Ta mère ne t'a pas abandonnée, me disais-tu lorsque mon chagrin était trop grand, elle ne t'a pas abandonnée, elle est simplement partie avant toi auprès du Père.

Et comme une fois je te demandais pourquoi, tu m'as répondu, sans réfléchir :

– Pour faire le ménage avant que tu arrives !

Après un bref instant de stupeur, nous avons ri ensemble, ri jusqu'aux larmes.

Je suis devant ta porte et tout se brouille dans mon esprit. Il ne me reste que deux points de repère le long du chemin. La voix au jour de mes noces et la naissance de Ièshoua'. Pourtant, il y a tellement plus. Ton départ du village, la mort de mon père, la fuite, le désert, l'Egypte, mais aussi ton honneur retrouvé, Iacob né en exil, et Yosef, Yosef toujours là, solide comme un roc, une main sur le rabot, l'autre sur le Livre.

Je suis devant la porte de ta maison, et mon souffle se précipite.

La porte s'ouvre brusquement. Une jeune femme sort, tenant un enfant dans ses bras. Elle me regarde, baisse les yeux et s'enfuit.

Je sais dans l'instant que cet enfant, c'est Yokanaan, c'est ton fils.

Et qu'il n'a plus de mère !

En ce troisième jour de Pâque, comme hier et le jour d'avant, Yosef est retourné au Temple. Le brave charpentier est encore une fois bouleversé par ce qu'il voit autour et dans l'enceinte même du lieu sacré. Et les questions qu'il croyait avoir oubliées en terre d'Egypte le frappent à nouveau avec violence.

Pourquoi, aux abords mêmes de ce lieu tout entier voué au culte de Celui qui a révélé Son Nom en signe d'alliance, y a-t-il ici un changeur de monnaies, là un faux prophète tendant la main, et partout des prêtres étalant leur luxe et leur morgue ? Et ces cris d'animaux menés à la table des sacrifices, et cette odeur, cette insupportable odeur de viande brûlée, de graisse fondue, de sang caillé ?

« Où est donc la parole de l'Eternel dans tout ce fatras ? se demande-t-il. A-t-Il jamais exigé de pareils sacrifices ? Qu'espèrent-ils, ceux qui offrent des richesses dans l'espoir d'en recevoir davantage en retour ? Comment pourrais-je vivre ainsi, si proche du sanctuaire sans cesse bafoué, et supporter d'être chaque jour confronté à ces prêtres corrompus qui se servent de Lui comme d'une monnaie d'échange ? »

Et le cœur du père fait écho à la colère du serviteur de Dieu.

« Je ne veux pas, se dit-il, que mes fils soient élevés à l'ombre du péché et de la corruption. Il nous faut aller plus loin, là où la nature est proche de l'Unique, de Celui, béni soit Son Nom, qui l'a créée ainsi que toutes choses. »

Sa décision prise, il revient dans la maison amie où sa famille a trouvé l'hospitalité et y trouve Myriam, effondrée par la mort d'Elishèba.

Myriam à Yosef

Ô mon ami, où es-tu en ce terrible moment ? Reviens-moi vite pour que je puisse m'effondrer contre ton épaule. Elishèba, mon Elishèba n'est plus ! Comment te dire ma douleur ?

Voyant une femme sortir de sa maison, un enfant dans les bras, j'ai compris tout de suite et me suis précipitée dans la cour. Zekkariah était assis à la fontaine, seul au milieu du va-et-vient des gens de sa maisonnée. Sur son visage à la beauté biblique, le désespoir avait creusé de profondes ravines. Ses gestes étaient imprécis et ses yeux étaient secs.

Tombant à genoux devant lui, j'ai sangloté en déchirant mon vêtement. Mais soudain, j'ai pensé à Yokanaan. Alors, j'ai fait taire mes pleurs et me suis adressée au mari de ma chère disparue.

– Zekkariah, lui ai-je dit, votre chagrin est immense, mais un enfant si jeune a besoin d'une femme pour le chérir, pour l'aimer. Je ne remplacerai jamais sa mère, mais je pourrai l'élever dans le souvenir de celle qui lui a donné la vie. Laissez-moi emmener Yokanaan, laissez-le grandir avec Ièshoua' et Iacob. Donnez-lui une famille pour l'aider à panser sa plaie !

Mais le vieil homme n'a rien voulu entendre.

– Ton offre est généreuse, m'a-t-il répondu en me prenant la main, mais n'es-tu pas toi-même déjà si jeune avec deux fils en bas âge ?

– Le Seigneur me soutiendra, ai-je répondu, et le souvenir d'Elishèba me donnera la force de nourrir son fils.

Zekkariah a hoché la tête en signe de négation. J'ai insisté, je l'ai supplié, tentant tout ce qui était en mon pouvoir et lorsque je crus l'avoir enfin convaincu, il s'est penché vers moi et m'a murmuré :

– Cela ne se peut, ma chère Myriam. Cet enfant nous a été donné dans notre vieillesse pour que nous l'accompagnions jusqu'à notre dernier souffle, et ainsi il en sera. Je dois au Tout-Puissant de l'éduquer moi-même. C'est ce qu'aurait souhaité sa mère.

Concevant alors que ma présence ne pouvait que raviver des souvenirs douloureux, j'ai lâché ses mains que je tenais entre les miennes et me suis retirée.

Et depuis, Yosef, je me reproche de ne pas avoir été au côté d'Elishèba pour la secourir, la soigner, lui rendre un peu de ce qu'elle m'avait donné. De ne pas avoir été là pour recueillir son dernier souffle et le droit d'être la mère de son fils comme elle fut la mienne.

Et encore de ne pas avoir trouvé les mots, les arguments pour convaincre.

Ai-je bien plaidé ma cause ? N'aurais-je pas dû attendre que tu sois là ? Toi, un homme, tu aurais eu certainement plus de poids, car Zekkariah, malgré sa grande sagesse, n'accorde pas davantage de crédit aux propos d'une femme qu'à ceux d'un esclave.

Yokanaan ! Yokanaan ! Mon enfant, mon autre fils, ma chair, pourquoi faut-il que d'autres mains que les miennes t'élèvent ? Pourquoi ton père n'a-t-il pas compris qu'aucune autre ne t'aimera comme je t'aime ?

Ô mon époux, reviens vite pour m'arracher à ce cauchemar. Reviens vite pour que nous puissions nous éloigner de ce lieu, de cette maison où se trouve mon désespoir.

Le lendemain, chacun d'eux portant sa peine, ils repartirent pour un autre voyage.

Dès qu'ils furent sur la route, chagrin et colère se dissipèrent un peu devant la magnificence du paysage car, avec la fin du printemps, les couleurs de la terre se reflétaient dans le lac du ciel, tel un bouquet de fleurs dans les yeux d'une jeune amoureuse.

Ils atteignirent la vallée de Beit She'an, la vallée aux trente sources, que le Créateur avait voulue fertile comme un ventre de femme aux beaux jours de sa vie et dont on disait qu'elle ressemblait à la porte du paradis.

De là ils remontèrent le long de la rivière Harod et atteignirent la plaine de Jezréel, jardin parmi les jardins, et, sachant qu'ils n'étaient pas au bout de leur route, ils avancèrent encore une nuit et encore un jour.

Et ce fut le dernier matin d'un long périple. La lumière d'un précoce soleil d'été traversa la toile de leur abri. Yosef se leva sans bruit et sortit. Myriam, mue par un indéfinissable pressentiment, le rejoignit aussitôt.

C'est alors qu'il apparut, accroché à sa colline de craie blanche, le village qu'ils attendaient et ils surent, tant leurs yeux s'inondaient de larmes de joie, que Dieu les avait ramenés vers ce havre de paix et que leur vie allait pouvoir, enfin, s'écouler au rythme paisible des saisons et des fêtes.

Ils se tinrent par la main, leurs doigts entrelacés disant en silence tout leur bonheur d'être arrivés, et Myriam oublia sa crainte de revenir ici, car elle était devenue femme. Et mère.

Ce village était en Galilée, au pied du Djebel el Qafsé qui domine la vallée d'Esdrelon.

Et c'était Nazareth !

Chapitre 2

Nazareth ! Une colline tachetée de maisonnettes blanches, d'oliveraies argentées, de vignes verdoyantes, de champs dorés, griffée par de longs cyprès noirs que soutient l'éclatant rubis des bougainvilliers sauvages. Et dans les jardins, des lis, de la verveine, des herbes odorantes, des fleurs en palettes de couleurs que la rosée matinale couvre de ses perles nacrées.

Nazareth ! Un bourg de solides paysans, d'artisans besogneux, de femmes tissant la laine, de petites gens avec pour seule gloire le nom de l'Eternel caché dans l'Arche sainte de la minuscule synagogue.

Au fond d'une cour blanche et parfumée, dans une demeure au linteau marqué du sceau de Dieu, une jeune femme roule la pâte à pain, file la laine, tisse le chanvre, lave la pierre à grande eau, donne le sein, cuisine le repas du soir.

Et chante.

Myriam à Elishèba

En pénétrant dans le village j'eus, pour la première fois depuis bien longtemps, le sentiment que nous étions enfin chez nous. Il me parut si petit et si accueillant, comparé à l'immensité des chemins parcourus jusqu'alors, que j'aurais voulu l'embrasser comme on embrasse un parent retrouvé. Les maisons étaient aussi simples qu'autrefois, aussi simples qu'ailleurs, construites en torchis de roseaux et en briques d'argile, mais ici elles étaient joliment noyées sous les lauriers roses, les fleurs rouges des caroubiers, les senteurs d'aneth, de cumin, d'origan.

La ruelle de terre battue s'amusait à disparaître dans le dédale d'une cour et puis à revenir entre les murs percés de rares fenêtres et ainsi, en n'allant nulle part, elle arrivait vers le bassin d'eau fraîche autour duquel, comme autrefois, jouait une ribambelle d'enfants.

Tout me parut plus beau, plus paisible. Mais n'est-ce pas moi qui avais changé plutôt que les murs, les cours, les ruelles ? Et n'était-ce pas la crainte de retrouver les méchancetés des femmes du village qui avait d'abord contrarié ma mémoire de ces lieux ?

Mais il semble bien qu'il ne me restait rien de cette vieille douleur, certainement parce que j'avais depuis éprouvé de bien plus grands soucis, de bien plus grands moments de désespoir.

Et le plus cruel de tous était empli de toi, mon Elishèba, toi que je venais de perdre à l'instant même où tout me réjouissait ! Qu'étaient quelques commérages de bonnes femmes par rapport à ce deuil ?

Ne devais-je pas apprendre maintenant à vivre avec le souvenir des moments de bonheur, sans charger mon cœur de rancunes et de regrets ?

Dès notre arrivée dans la ruelle, quelques matrones sortirent sur le pas de leur porte et, voyant dans quel état de fatigue nous étions, s'empressèrent autour de nous. Certaines nous reconnurent, d'autres s'inquiétèrent de savoir qui nous étions.

– Voilà Yosef, notre charpentier ! commenta une vieille femme que je reconnus pour être Sarah, une pauvresse vivant de charité. Voilà Yosef, reprit-elle après nous avoir salués. Vous allez enfin avoir à nouveau de beaux outils pour vos champs et de belles portes pour vos maisons. Et voici Myriam, cette même Myriam qu'il a épousée ici, et voici qu'ils ont obéi au Tout-Puissant et nous reviennent entourés d'une belle famille.

Et d'autres femmes nous offrirent du lait et des gâteaux. Et des enfants, d'abord timides, s'enhardirent et prirent Ièshoua' pour le mener au bassin d'eau. Une toute jeune fille m'enleva Iacob et, l'ayant assis sur ses genoux, lui murmura une berceuse.

Le soir même, nous avions un toit pour nous abriter

et Yosef un atelier pour travailler. Et l'eau nous fut portée dans de grandes jarres de terre cuite, et ainsi nous fîmes les ablutions.

En purifiant nos corps des souillures de tant de voyages nous rendîmes enfin grâce à l'Eternel de sa grande bonté.

« Cette fois, ai-je pensé, Yosef pourra fixer notre *mezuza* sur le montant de la porte et ainsi les paroles du *Shema Israël* protégeront notre demeure. »

Quelques jours plus tard, j'avais déjà un bout de jardin semé de graines de lentilles, de fèves, d'oignons, de concombres.

Et quelques jours plus tard encore, j'avais une belle huche que Yosef venait de fabriquer avec son premier bois.

Ainsi je pus pétrir la pâte et la mélanger au levain de mil et d'orge, et le lendemain, je pus faire cuire mes cercles dans le four d'une voisine.

Enfin, lorsque, ce soir-là, mon époux rentra de la petite synagogue, lorsqu'il vint s'asseoir à mon côté, sur la pierre de l'entrée, je sentis mon sein se soulever de joie en lui présentant un pain doré et croustillant.

Alors, il se pencha vers moi et me caressa la joue d'une main toujours aussi peu assurée qu'au premier jour de nos fiançailles. Et je me penchai vers lui pour profiter de cet instant de quiétude. Et lui annoncer que je nourrissais un nouvel espoir.

– Cette fois, lui dis-je, Dieu me donnera une fille.

Il s'est amusé de ma certitude.

– Myriam, es-tu maintenant devineresse ? Et si tel est le cas, alors tu vas faire ma fortune car toutes les femmes viendront bientôt te trouver.

J'ai ri de sa moquerie.

– Peut-être bien que je pourrais aussi annoncer la pluie, les mariages ?

Yosef m'a regardée, le sourcil froncé, l'air contrarié. Mais avant même que je puisse retrouver mon sérieux, c'est lui qui éclatait de rire. Tout en faisant semblant de me cacher derrière mon foulard, j'en fis autant.

Ainsi, pour la première fois, nous avons laissé couler nos larmes sans retenue, tant il était bon d'être à nouveau comme des enfants, ces enfants que nous portions en nous et que nous avions depuis trop longtemps oubliés.

Chaque jour Myriam et Yosef remerciaient l'Eternel de les avoir ramenés sur la colline de Nazareth. Ici, la vie s'écoulait au rythme lent des temps voulus par Dieu. Il y avait celui consacré à la prière et celui qu'exigeait le travail. Il y avait un temps pour le repos, et encore un pour l'amour.

Dès les premiers soirs de printemps, les familles se réunissaient dans les jardins qui s'étalaient en escaliers tout autour du village. Véritables oasis de paix entretenues par les femmes, ils abondaient de parfums forts que la fraîcheur brisait en morceaux épars. Mais un nez subtil pouvait reconnaître celui du lis, du glaïeul sauvage ou encore du crocus jaune que recouvrait, par endroits, l'odeur de la terre chaude libérant ses derniers effluves.

Yosef fabriquait à nouveau les charrues qui faisaient sa réputation.

– Les fils de nos fils en parleront encore, lui disaient les paysans. Il ne suffira pas de trois vies d'homme pour en venir à bout. Et ton nom sera prononcé à chaque semaille, car il faut toujours demander que soit béni celui qui nous donne l'outil.

Le charpentier répondait que seul le nom de l'Eternel mérite de ne pas être oublié.

Myriam prenait sa place dans la vie du village. Elle écoutait les lectures, secourait une vieille femme, berçait un nourrisson pendant que sa mère remplissait le bassin d'eau.

Ce matin, elle organisait une fête pour le cinquième anniversaire de Ièshoua' et pour le sevrage de Iacob, qu'elle ne pourrait bientôt plus nourrir de son sein, car elle approchait du dernier mois de sa grossesse.

Et, tandis que Yosef revenait d'un chantier, toute la maison résonnait déjà des préparatifs.

Myriam à Yosef

Tu n'es pas près de moi, mais je sens encore ton souffle courir sur ma nuque comme dans les instants secrets qui n'appartiennent qu'à nous.

Tu n'es pas là, mais je te vois sur la route, et tu marches vite, ta robe retenue par ta ceinture de corde, ton sac d'outils battant ton côté au rythme de ton pas.

Et tu marches vite, parce que tu sais que je t'attends. Et avec moi Ièshoua' que l'Eternel nous a gardé jusqu'à ce jour béni de son cinquième anniversaire. Il ne sait pas, mon petit adoré, ce que veut dire ce nombre, mais pour une mère, il est celui du salut de son enfant.

Il a résisté aux maladies, aux longues fuites, au vent brûlant du désert et maintenant il sait lire les premiers mots du Livre, il connaît déjà les Paroles du Tout-Puissant.

Et ce jour doit être une fête pour lui, pour nous, et ce soir notre maison sera pleine de chants et de jeux.

Ils viendront tous, les enfants comme lui, les plus jeunes et même les plus âgés, ils viendront tous avec leur mère, leurs grandes sœurs, leurs tantes. Et tu prendras ton fils, ton *békor*, par la main, et tu lui feras faire le tour du village, et les hommes en te voyant t'envieront et te le diront.

Sois heureux, Yosef, sois heureux d'un fils premier-né ! Et sois encore plus heureux de pouvoir lui prendre la main en ce jour !

Ils te suivront, et tu les ramèneras dans la cour pour boire et chanter. Alors les femmes retireront Iacob de mon sein. Elles te le présenteront et tu sauras que lui aussi est arrivé à l'âge où il n'appartient plus seulement à sa mère.

Tu lui donneras un baiser sur le front et les hommes l'appelleront fils de Yosef.

Ièshoua', fils de Yosef !

Iacob, fils de Yosef !

Et combien d'autres encore que le Seigneur voudra bien nous donner et qui seront l'orgueil de ta maison ?

Mais n'oublie pas que nos filles seront aussi de notre chair.

Et que, comme nos fils, elles auront droit à notre amour.

La fête eut lieu le troisième jour de la semaine. Myriam avait cuisiné des gâteaux aux noix pour les enfants et, comme on était après les Tabernacles et qu'il faisait froid tôt dans l'après-midi, elle servit également du thé à la mandragore et des bouillons de légumes.

Yosef la gronda d'avoir tant travaillé alors qu'elle était si près de ses couches. Mais elle ne voulut rien entendre et, bien que des femmes soient venues l'aider, elle refusa de s'allonger et de prendre du repos.

Le lendemain, en voyant que le ciel s'obscurcissait et que les premières pluies n'allaient pas tarder, elle se rendit même à son jardin pour cueillir les derniers fruits et les quelques légumes qu'elle n'avait pas encore ramassés.

Ce n'est qu'à la nuit tombée qu'elle revint dans sa maison. La vieille Sarah, qui s'était maintenant installée à demeure dans la cour, avait allumé le feu et servi la soupe aux deux garçons.

Myriam posa son panier et s'assit un instant sur la pierre. Son souffle était court. Elle se releva pour aller vers le bassin mais une douleur violente lui transperça le ventre.

Elle s'appuya contre le mur, reprit sa respiration, avança d'un pas. Comprenant que le moment était venu, elle renouvela sa prière et demanda à Dieu de lui donner cette fille qu'elle espérait tant.

Mais, pour la deuxième fois, Dieu n'entendit pas le vœu de Sa servante.

Myriam à Elishèba

Ainsi j'aurai connu toutes les peines ! Ô ma douce cousine, pourquoi mon corps n'a-t-il pu porter ce fruit jusqu'au bout ? Pourquoi a-t-il fallu que cette enfant chérie avant même de naître ne voie point le soleil se lever sur ses jours ?

Certes, depuis quelque temps déjà je me fatiguais davantage que de coutume, mais j'en attribuais la cause à l'excessive chaleur de cet été, à un surcroît de travail, à toutes choses qui me permettaient de ne pas voir la réalité. J'avais encore deux bonnes semaines avant d'être à mon terme et, bien que gênée par mon embonpoint, je continuais de vaquer à mes occupations.

Je n'ai même pas prêté attention aux conseils de Sarah qui maintenant ne quitte plus ma courette, si heureuse de pouvoir jouer avec Ièshoua' et Iacob, elle qui n'a jamais eu d'enfant.

– Myriam, me dit-elle un soir, alors que je lui servais un bol de soupe, Myriam, ton teint se flétrit, tes joues sont blanches et ce n'est pas bon signe pour une femme approchant de ses couches. Tu devrais te reposer.

– Grand-mère, lui ai-je répondu en plaisantant, vu mon tour de taille, je dois porter des jumelles et elles me tirent certainement jusqu'au sang des joues.

Elle insista, en disant que je devrais faire venir d'un village voisin une matrone réputée pour ses prédictions.

– Parce que, selon moi, a-t-elle ajouté, tu n'arriveras pas au bout de ton temps.

Et là encore je me suis moquée.

– Ce sera bon signe, brave Sarah, car je crois bien attendre une fille, et elle sait déjà que les filles doivent toujours être en avance pour préparer le repas des hommes. Ainsi donc, elle sera comme je l'ai demandé, vaillante à la tâche et belle dans la rosée.

Et j'ai repris mon fil de laine tandis qu'elle surveillait mes garçons.

Mais, deux jours plus tard, je me suis effondrée. Je n'ai rien senti venir, si ce n'est le bourdonnement d'un millier d'abeilles pénétrant par mes oreilles pour exploser dans ma tête.

Ensuite, ce fut un trou noir. Lorsque j'ai rouvert les yeux, tout était calme. Le bourdonnement avait disparu. Mais dans ce silence inquiétant, petit à petit, j'ai perçu des lueurs, des odeurs, des bruits familiers. Un chuchotement, de l'eau bouillant dans une terre cuite et, dominant le tout, l'odeur d'un pain brûlé.

Mon pain ! J'ai voulu me soulever. Je n'ai pu que pousser un cri, tant la douleur me traversait le ventre.

Aussitôt des femmes me mouillèrent le front d'un linge imbibé tandis qu'une autre me frictionnait les jambes avec de la citronnelle mélangée à des orties. Et ce fut ainsi deux jours durant.

Yosef ne quitta pas mon chevet, me tenant la main,

me soulevant pour que je puisse boire, appelant dès que la douleur reprenait.

– Mes enfants, lui demandai-je dans un soupir, mes fils ?

– Sois sans crainte, ils s'amusent, me répondit-il en souriant, comme s'il voulait me faire croire que tout allait bien, que c'était un mauvais moment, que la vie continuait, alors que je sentais la mort habiter mon corps.

Enfin la matrone venue du village voisin décida qu'il ne fallait plus attendre. Il y eut un conciliabule dans un coin de la pièce. Je voulus savoir ce qui se disait, mais Yosef scella mes lèvres d'un baiser.

– Mon adorée, me dit-il en désignant les femmes rassemblées, elles sont sages et pleines de connaissances. Ecoute-les, fais ce qu'elles te diront. Aie confiance. L'Eternel guide leur mains.

Ô mon Elishèba, j'ai compris à ses paroles que mon enfant était perdue. J'ai compris que je n'avais même pas à choisir entre sa vie et la mienne, que tout était décidé.

Alors j'ai sangloté. Les femmes se sont approchées et ont commencé leur travail.

Perdant la mesure de la douleur tant elle était immense, j'ai obéi à leurs ordres, n'entendant plus que leurs halètements, leurs jargons, les maudissant pour ce mal qui me tuait, hurlant sans retenue aucune, en espérant que chacun de mes cris me rapproche de l'ultime délivrance.

Dans un dernier déchiremcnt, j'ai libéré mon enfant déjà morte en mon sein, et me suis ensevelie avec elle pour étouffer mon malheur.

Epuisée, vidée de son sang, l'esprit brisé, Myriam reposait sur sa couche sans aucune notion du temps qui passait.

Les femmes se relayaient maintenant à son chevet, continuant de frictionner le corps meurtri avec des baumes, des huiles, appliquant les instructions données par la matrone du village voisin, accompagnant leurs gestes de prières, utilisant en cachette une poudre pour faire tomber la fièvre, une amulette contre le mauvais sort, mêlant Dieu à leurs incantations païennes, ne pensant qu'à sauver celle qu'elles avaient autrefois tant critiquée mais qui depuis avait gagné leur cœur.

Malgré leurs soins constants, Myriam s'affaiblissait. Son regard n'avait plus de lueur, ses mains plus de force et tous savaient que seul un miracle pouvait la sauver.

Enfin un soir, sans raison apparente, elle sortit de son naufrage et demanda à voir ses enfants.

On les lui mena. Elle serra leurs petites mains dans les siennes, s'en caressa la joue, mouilla leurs doigts de larmes. Tous crurent qu'ainsi elle les quittait. Mais elle, du fond de son agonie, avait compris qu'en eux était son salut.

Le lendemain, pour la première fois depuis longtemps, elle demanda à manger.

Ainsi, lentement, sans que pour autant disparaisse sa douleur, elle laissa la vie reprendre ses droits.

Myriam à Elishèba

Béni soit le nom du Seigneur, ma douce Elishèba, car sans Lui nous ne serions rien. Dans mon égarement, Il a été mon secours et m'a montré où était mon devoir.

– Tu as des enfants déjà nés, Myriam, m'a dit cette voix qui ne pouvait être que la Sienne, ne méritent-ils pas que tu te consacres à eux, que tu leur montres ton amour ? Toi disparue, que deviendraient-ils ? Et Yosef, ton bon Yosef, perdu avec deux fils à élever ? Dans ton âge, Myriam, tu peux encore espérer d'autres joies de mère.

Voilà, ma douce, ce que j'ai entendu et, d'un sursaut, j'ai retrouvé le sens de ma vie.

Ô ma tendre, comme il est bon de revoir les sourires se dessiner sur les visages aimés ! Et les jeux des enfants, leur tendresse envers leur mère retrouvée. Ils étaient si heureux que je ne pouvais rien faire tant ils me couvaient de leurs soins. Ièshoua' me prenait la jarre des mains pour aller la remplir lui-même à la fontaine ; Iacob, mon petit Iacob, ramassait les brindilles et préparait le bois pour le feu. Et les femmes, Elishèba, les femmes que j'avais si mal jugées autrefois et qui maintenant, alors que leur maison demandait tant, venaient me seconder, me soulager d'un travail trop lourd, d'un linge à laver.

Yosef ? Ô ma colombe, comment pourrais-je ne pas t'en parler ? Il était dans tous les instants sans cesse préoccupé de moi.

– Myriam, me disait-il, je ne veux pas que tu ailles au jardin autrement que pour te reposer. Myriam, ne fais pas ceci, ne fais pas cela !

Et chacune de ses interdictions s'accompagnait de froncements de sourcils, de gestes sévères, mais ils n'étaient l'un après l'autre, jour après jour, qu'une seule et même litanie d'amour.

Et ainsi j'ai repris des forces et j'ai pu à nouveau tenir ma maison comme une femme le doit. Et c'est alors que le Tout-Puissant s'est à nouveau penché sur Sa servante et l'a comblée d'un bel espoir.

Oui, ma petite sœur, contrairement à ce que je craignais, mon ventre n'était pas sec.

Et cette fois, j'ai écouté les paroles de sagesse de Sarah et de celles qui m'entouraient, et les ordres de mon époux.

– Promets-moi, Myriam, ma colombe, m'a-t-il dit lorsque je lui ai annoncé la nouvelle, promets-moi de ne rien faire qui puisse mettre en danger la vie que tu portes.

Puis, après un instant de silence, et avant même que je réponde, il a ajouté, la voix nouée par l'émotion :

– Et la tienne.

C'est alors que j'ai su combien il avait eu peur de me perdre, et combien il m'aimait.

Sarah rajeunissait tous les jours. La vieille femme qui n'avait jamais connu la joie d'enfanter était soudain devenue plusieurs fois grand-mère.

Elle n'avait pas vécu les naissances de Ièshoua' et Iacob, seulement la douleur de Myriam dans ses dernières couches. Mais l'arrivée d'Esther lui était un baume nouveau et, jour après jour, elle se retrouvait une vie à travers les balbutiements de cette enfant tant espérée.

– Laisse-moi la laver, demanda-t-elle un matin à la jeune mère, mes mains sont encore douces et solides. Ton enfant ne risque rien avec moi.

Et comme Myriam lui tendait Esther, elle essuya vite une larme avant de la baigner délicatement dans le bassin d'eau tiède.

Ce soir-là, Myriam l'appela à se joindre à eux pour le repas.

Ainsi, elle retrouva son rang parmi les femmes. Elle n'était plus la vieille Sarah à laquelle on faisait l'aumône d'une bolée de soupe en échange d'un menu service, elle était à nouveau un membre d'une grande famille et, bien que d'un autre sang, elle eut droit aux noms affectueux que les enfants donnent à leurs aïeules.

Myriam se félicitait tous les jours de ce cadeau du ciel, car, peu de temps après Esther, elle avait accouché de Iosé, et encore de Jude.

Avec maintenant cinq enfants à élever, il était bon d'être aidée, surtout par une grand-mère que les enfants adoraient, car elle ne les grondait jamais.

Myriam à Elishèba

Notre petite Esther est tout ton portrait, mon aimée, tant j'ai pensé à toi pendant ma grossesse. Bien que je ne t'aie pas connue enfant, je te retrouve dans ses yeux, son sourire, chacune de ses mimiques.

Elle ne pleure jamais, s'émerveille de tout ce qu'elle voit, balbutie sans crier. Elle est toute douceur et, comme tu le fus, elle est mon rayon de soleil, mon miel de datte, mon eau vive.

Ô mon amie, une fille pour l'embellie des yeux d'une mère, n'est-ce pas notre vœu le plus secret ?

Certes, les hommes considèrent qu'elles sont la plaie d'une famille, qu'elles coûtent cher, qu'il faudra les doter en mariage, quand ils ne les disent pas aussi ignorantes qu'une ânesse, mais que seraient-ils, ces hommes, si elles leur faisaient défaut dans les champs et dans les maisons, si elles refusaient de les servir ?

Pensent-ils un seul instant que les mères de leurs fils ont été filles avant d'être leurs épouses ?

Mais ce propos n'est pas le mien, ma douce cousine, il est celui des femmes du village que je côtoie. Faire des filles, me disent-elles, c'est faire des esclaves ! Si nous ne leur donnions que des garçons, il ne faudrait pas deux générations pour que les hommes nous supplient de changer.

Parfois leurs paroles s'enveniment, alors je rentre chez moi, car dans la maison de mon mari il n'y a pas de différence, et chaque femme y reçoit sa part de respect, y compris notre brave Sarah sans laquelle je serais bien en peine.

Voilà aussi pourquoi la naissance d'Esther fut fêtée comme celle de Ièshoua' et celle de Iacob. Je n'aurais pas accepté qu'il en soit autrement !

Me voici maintenant avec cinq enfants en bonne santé, car, après Iosé, j'ai aussi donné le jour à un quatrième fils, un énorme petit garçon, si gros à la naissance que les matrones ont voulu le peser.

Voilà une belle histoire, ma bien-aimée, que de voir mon fils tout juste langé et déjà suspendu par un crochet à la balance du marchand de graines. Au fur et à mesure qu'elles mettaient des poids dans le plateau, elles criaient d'étonnement, levant les mains vers le ciel, riant de voir ce pauvre petit être tournoyer dans le vide. Finalement, l'équilibre s'est établi, et j'ai appris que mon nouveau-né atteignait largement les huit livres.

– Qu'en sera-t-il au sixième ! me dit une matrone. Il pèsera dix livres !

– Si tu continues comme ça, renchérit une autre, le septième en pèsera vingt.

Les voici heureuses de leurs bons mots, parce qu'elles sont heureuses pour moi de voir que je porte encore les beaux fruits de notre arbre.

Enfin voici mon dernier soupir de bonheur, une autre fille, Anne, qui m'est arrivée le jour de Pâque.

J'aurais bien voulu un peu de repos entre les deux derniers, mais le Tout-Puissant en a décidé autrement et je me suis inclinée avec joie devant Sa volonté.

Une maisonnée n'est-elle pas faite pour résonner de rires et de pleurs d'enfants ? N'est-ce pas Son ordre premier que de donner la vie pour que se perpétue Son Peuple ?

Et maintenant, ce que je veux te dire, mon Elishèba chérie. Au soir de mes dernières couches, Yosef est venu me visiter dans la chambre où je reposais. Il m'a pris la main, l'a caressée de ses doigts charnus. Il a relevé une mèche de cheveux qui tombait sur mon front. Dans ses yeux, il y avait des reflets brillants. Comme au jour de notre première rencontre !

– Es-tu heureuse, Myriam, mon aimée ? m'a-t-il demandé.

– Que manquerait-il à mon bonheur, mon Yosef, que tu ne m'aies déjà offert ?

Il fut heureux de ma réponse, mais il savait que je portais en mon cœur une plaie toujours ouverte.

– Myriam, a-t-il repris, je sais que tu ne seras pas heureuse tant que le fils d'Elishèba ne sera pas parmi nous. Mais ne doute pas de l'Eternel, et sache que, le moment venu, Yokanaan te sera rendu.

J'ai seulement pensé : « Seigneur, fasse que ce soit demain ! »

Chapitre 3

Parce qu'ils se servaient de la règle, de l'équerre et du compas, outils exigeant précision et méthode, et que les calculs auxquels ils se livraient chaque jour exigeaient une grande rigueur d'esprit, les charpentiers avaient généralement la réputation d'être sages et justes.

Aux qualités des gens de son métier, s'ajoutait chez Yosef un penchant naturel pour la discussion.

Aussi venait-on lui demander son avis pour les affaires importantes, pour régler les intrigues qui ne manquaient pas de naître, et pour toutes choses concernant le village.

Alors il arrêtait un instant son travail pour écouter, questionner, réfléchir, mais rien ne le captivait davantage, le soir venu, que de commenter la Parole pour ceux qui n'avaient pas eu, comme lui, la chance de pouvoir étudier dans le Livre.

Et qu'ils soient paysans, artisans ou notables, ils s'attardaient volontiers dans son atelier et prenaient plaisir à l'entendre, car ses mots étaient simples.

Myriam n'avait pas oublié le dévouement des femmes pendant le temps de sa maladie, et depuis, sa courette était devenue leur lieu de rendez-vous. Il n'était pas un mariage, une naissance, une fête à célébrer sans qu'elle soit appelée à y participer. Mais, comme Yosef, ce qu'elle aimait le plus, c'était d'inciter les femmes à se réunir au *sod* pour écouter la lecture des Textes sacrés.

Et ainsi, elle encore si jeune mais déjà si marquée par la vie, n'inspirait qu'admiration et confiance.

Et voici pourquoi la maison de Myriam et Yosef était pour tous un havre de paix et de repos, un exemple de simplicité et de foi, un lieu béni.

Comme le temps passait, Yosef décida que ses fils étaient en âge de se rendre à Ièrusalem, et de découvrir le Saint des Saints.

Il annonça la nouvelle après la prière du soir.

– Nous serons à Ièrusalem pour la Pâque, leur dit-il.

Et ce fut aussitôt une grande excitation dans la maison.

Myriam à Elishèba

Ô ma douce colombe, il suffit de fermer les yeux un instant et l'enfant qui marchait à peine hier est déjà devenu un homme.

Voilà que Ièshoua' et Iacob vont être présentés au Temple alors qu'il y a peu de temps ils prenaient pour la première fois le chemin de notre petite synagogue.

Je revois surtout notre aîné, cachant son souci derrière un timide sourire. Il marchait, silencieux, écoutant son père expliquer qu'il faudrait être sage lorsque le *hazzan* lirait le Livre, car il dirait les paroles de l'Unique.

A la fois curieux et inquiet de ce qu'il allait découvrir, il avançait, certes, la tête haute mais il se retournait régulièrement pour savoir si, depuis le seuil de notre cour, je le suivais encore du regard.

Laisse-moi te raconter, mon adorée, comment au matin de son sixième anniversaire, il est allé dans l'atelier et, sans un mot, s'est assis à même le sol parmi les copeaux et la sciure. Alors Yosef a posé son outil, s'est approché de lui et, calmement, lui a expliqué le secret du bois. Puis, comprenant qu'il voulait en savoir plus, il a commencé de lui raconter l'histoire de notre peuple. Et ainsi, jour après jour, le fils a rejoint le père, écoutant, apprenant et, comme sa mère, ma douce Elishèba, comme sa mère, ayant toujours une question en cours et une autre en attente.

Et depuis ce jour, ils travaillent côte à côte, l'un poursuivant son récit, l'autre apprenant dans le même dialogue le métier de ses pères et l'histoire de ses aïeux, ne se souciant ni de l'heure ni du jour, et souvent j'ai dû leur rappeler que le repas était servi, interrompant sans aucun doute une discussion, un monologue, une pensée.

Car mon charpentier ne fabrique pas seulement des meubles et des outils. Il veut aussi que notre peuple puisse vivre libre de toute entrave, libre de rendre hommage au Saint Nom de Yavèh.

Ne m'a-t-il pas dit une fois :

– Dieu n'a pas besoin de maison de pierre puisqu'il a le cœur de chaque homme.

Et moi de baisser les yeux pour demander pardon à l'Eternel de cette offense faite à Sa demeure, et lui de me relever le menton en ajoutant :

– Myriam, le Temple est Sa maison sur terre, mais ce n'est pas là toute la Gloire du Très-Haut.

Voici l'enseignement qu'il a donné à ses fils.

Maintenant nous sommes en route pour Ièrusalem afin qu'ils découvrent par eux-mêmes ce qu'ils ont appris de leur père. Et ce voyage, mon aimée, ravive mon espoir.

Zekkariah, malgré son grand âge, viendra certainement dans la Ville sainte. Pourrait-il y venir sans Yokanaan ?

Non, ma douce amie, il sera là, je le sais. Il sera là et nous le recevrons, et il rencontrera ses cousins. Il sera là et cette fois, je saurai trouver les mots, les gestes pour convaincre ton époux de nous le laisser.

Ô ma tendre, que n'ai-je eu l'audace de m'emparer de lui et de fuir comme tu l'aurais certainement fait si tu avais été à ma place ! Un père, aussi bon soit-il, ne peut remplacer l'amour d'une mère auprès d'un enfant encore si fragile.

Pour soulager ma peine, depuis toujours je parle de lui comme s'il était l'un de mes fils parti pour un long voyage.

Ièshoua' me demande souvent :

– Quand viendra-t-il nous rejoindre ?

Et Iacob lui garde toujours une place à table pour l'instant de son retour.

Même mon Esther, pourtant encore si jeune, répète son nom, et nous amuse car elle a décidé qu'il était « son fiancé ».

« Son fiancé », il n'y a qu'une enfant pour y penser, et surtout le dire.

Mais n'avons-nous pas toutes, petites filles, rêvé à celui qui nous choisirait ?

Et même moi, pourtant si décidée à servir l'Eternel, même moi, je peux bien l'avouer aujourd'hui, je l'ai espéré.

Il fallut trois ânes bâtés pour transporter le nécessaire. Et trois autres pour les plus jeunes membres de la famille.

Ils partirent de bon matin, et les youyous des femmes, les cris joyeux des enfants et les bénédictions des hommes les accompagnèrent jusque dans la vallée. Ceux qui restaient au village partageaient ainsi le bonheur de ceux qui partaient vers la Ville sainte, ajoutant aux offrandes confiées aux voyageurs leurs chants, leurs rires et leurs prières.

Ils avancèrent ainsi vers la cité de David et, après quatre jours de marche, ils virent enfin les murs ocre et blonds, et les yeux des enfants s'écarquillèrent de stupéfaction, et les yeux des parents se levèrent vers les cieux.

La ville grouillait de monde. Iacob, curieux de tout, se perdit dans la foule, mais Yosef le retrouva avant qu'il ne se soit trop éloigné. Pour éviter de le perdre à nouveau, il lui lia une cordelette à la taille et en confia l'extrémité à Ièshoua'.

Bien loin de s'en offenser, il amusa aussitôt ses frères et sœurs en mimant le pas du chameau, roulant le dos, mâchant une herbe invisible, ruminant bruyamment, et la petite tribu reprit en riant son chemin à travers les ruelles étroites.

Ce soir-là, chez les parents qui les recevaient, il y eut une fête et ce fut un va-et-vient permanent d'invités. Par les portes toujours ouvertes, les chants descendaient dans la rue et la rue montait dans les maisons comme si la fête appartenait à tous. Les femmes partagèrent les souvenirs et les félicités, les hommes parlèrent de la Terre, de la Promesse, de liberté, et les enfants jouèrent autour du bassin.

Et enfin chacun regagna sa couche. Mais Yosef resta encore un moment sur la terrasse. Il avait appris que Zekkariah ne viendrait pas à Ièrusalem et que Myriam et ses enfants ne pourraient voir Yokanaan.

Il se tourna vers Aïn Karem.

« Huit lieues, se dit-il, huit lieues seulement pour aller le chercher. »

Il descendit l'échelle et rejoignit Myriam qui dormait déjà.

– Demain, murmura-t-il sans la réveiller. Demain, je te le promets.

Myriam à Elishèba

Alléluia, mon adorée ! Alléluia, ton fils nous est rendu, Alléluia ! Yokanaan est parmi nous ! Et mon bonheur ne peut être plus grand !

Ainsi Yosef a tenu sa silencieuse promesse ! Comment ne pas l'aimer chaque jour davantage, lui qui ne pense qu'à me combler ?

Sans rien me dire, ne voulant pas que je m'inquiète de le savoir sur la route car le bruit de quelques soulèvements courait le pays, il s'est rendu à Aïn Karem – oui, ma douce – et il en a ramené ton fils !

J'avais trouvé étrange qu'il se rende à la synagogue du Temple en emmenant seulement Ièshoua' et, comme tu me connais, je m'étais posé cent questions. Voulait-il présenter seul son aîné aux rabbis de la synagogue du Temple ? Ou bien s'était-il rendu à quelque réunion secrète d'hommes fomentant une révolte ? Mais que ferait mon époux dans pareil parti, lui qu'anime seulement un désir de paix ?

– Myriam, me demanda soudain ma parente, je vois

bien que tes mains s'occupent sans cesse mais que ton esprit est ailleurs. Quel est ce trait qui barre ton front ?

Alors je lui confiai mon tourment. Pour toute réponse, elle sourit. Puis, avant de se remettre au travail, elle me souffla à l'oreille :

– Jeune femme, au lieu de te torturer l'esprit, bénis chaque jour, chaque instant que Dieu fait, et dis-toi bien que tout n'est que Sa volonté.

Et voilà qu'un moment plus tard des enfants crient dans la cour. Je me précipite et vois mon époux, la barbe couverte de poussière, qui pose sur moi ses yeux bleus emplis de tendresse. Et avant même de l'avoir reconnu, je sais qu'il est là, et que c'est bien lui le garçon que Ièshoua' tient par la main, que c'est bien ton fils, ton Yokanaan !

Ô ma grande sœur, mon adorée, ma compagne de chaque jour, il était là, à quelques pas de moi, et je tremblais tellement que les forces me manquaient pour aller jusqu'à lui.

Alors, bien qu'il ne puisse me reconnaître parmi les autres femmes, il s'est approché et m'a tendu les bras.

Et j'ai enfin serré sur mon sein cet enfant que je ne connaissais pas et qui m'était rendu.

Sur le seuil de la maison, ma vieille parente nous regardait en souriant. Combien elle avait raison ! Tout n'est que Sa volonté !

Contenant mon émotion, j'ai fait un pas en arrière pour contempler la chair de ta chair. Un homme, mon Elishèba, ton fils est lui aussi déjà un homme ! Le feu qui brûle dans son regard, la force de son visage, la puissance que dégage son corps pourtant mince, tout, en lui, est hors du commun. Et sa voix, sa voix sérieuse et grave !

– Myriam, m'a-t-il dit sans détour, toi que ma mère a tant aimée, peux-tu me parler d'elle ?

Assise sur la pierre devant la porte, tandis qu'il fermait les yeux pour mieux entendre mes mots, je lui ai parlé de ta bonté, de ton amour, de ta foi. Je lui ai parlé également de ton obéissance et de ta sagesse. Je lui ai dit ton départ si cruel et mes prières pour le retrouver, lui, cet enfant que j'aurais voulu élever.

Et il m'a écoutée. Et lorsque mon dernier propos s'est confondu avec une prière, il s'est penché vers moi, a posé ses mains sur mes épaules.

– Je savais tout cela par mon père, m'a-t-il dit, mais je voulais l'entendre de ta bouche, car il n'est qu'une mère pour parler d'une mère.

Je n'ai pas eu de mots pour répondre. J'ai seulement ressenti une grande fierté pour toi d'avoir un enfant si aimant et si sage.

Et ce même soir, tandis que nous fêtions cette bénédiction d'être enfin réunis, nos deux fils, craignant peut-être d'être à nouveau séparés, restèrent assis l'un à côté de l'autre, et ainsi, étrangement sans parler, ils semblaient se retrouver.

– Ils sont liés par le sang, m'a dit une femme, mais ils sont unis par l'Eternel. Et ils chanteront Sa Gloire, car ils Le portent en eux.

Seul Yosef paraissait intrigué par cette soudaine complicité. Parfois même, j'avais l'impression qu'il les observait à la dérobée, comme si une question l'obsédait.

Bien après que furent mouchées les dernières lampes, il est venu s'allonger sur la couche à mon côté. Je ne dormais pas. Je savais qu'il voulait me parler.

– Myriam, mon adorée, Zekkariah m'a confié Yokanaan seulement pour la Pâque. Après, il doit retourner chez son père.

– L'avoir un jour est déjà une bénédiction et j'en remercierai l'Unique toute ma vie.

Et j'ajoutai dans un murmure :

– Mais fasse le Tout-Puissant que cet enfant n'ait pas à repartir.

Alors Yosef, caressant mes mains comme il aimait à le faire, m'a répondu :

– Qu'Il entende ta prière car non seulement tu m'as fait père de la plus belle des familles, mais encore tu as gardé en ton cœur une place pour l'amour de tous.

J'ai senti mes joues s'enflammer, mais j'ai quand même osé lui murmurer :

– Ô mon époux, merci d'avoir su te faire aimer.

Mais il n'a pas entendu, car il gardait son regard fixé sur le plafond.

Un étrange sourire au bord des lèvres.

Il n'y aura pas de Pâque au Temple pour Ièshoua' et Yokanaan. Il n'y aura pas de Pâque au Temple pour les milliers de pèlerins venus des coins les plus reculés de la terre habitée, car encore une fois le pays va s'enflammer de toutes parts.

Archélaüs, fils d'Hérode l'impie, ethnarque de Judée et de Samarie, dans le seul but de construire une ville nouvelle portant son nom, a décidé soudainement une nouvelle levée d'impôts.

Certes, ce n'est pas la première fois qu'il agit en potentat. Il a déjà déposé deux grands prêtres qui refusaient de se plier à ses exigences, il a également bafoué la Loi en épousant la femme de son frère, mais maintenant sa démesure entraîne la ruine du pays et la misère de tout un peuple.

Une révolte couve. Yosef, en rentrant de Aïn Karem, en a eu la confirmation. C'est pour demain, après-demain, mais sans aucun doute avant la Pâque.

Comprenant que la Ville sainte risque fort d'être la proie de règlements de comptes sanglants, il réveille à l'aube sa petite famille et, alors que le jour pointe, quitte la cité de David, emmenant Yokanaan avec eux, car il est trop dangereux de faire un détour pour le ramener à son père.

Ils gagnent les montagnes qui dominent le Ghor. Puis, sans aucun repos, ils remontent vers la vallée de Jezréel et arrivent enfin à Nazareth.

Au même moment, depuis les bords de la mer de Galilée jusqu'aux confins de la Judée, une armée de révoltés se levait et affrontait les troupes du roitelet honni, tandis que, dans Ièrusalem, la police du despote parcourait les ruelles, arrêtant, torturant, et rien ne pouvait, semble-t-il, enrayer la folie qui s'emparait des hommes.

Et, pendant deux années pleines, rien ne l'arrêta.

Myriam à Elishèba

Béni soit le Seigneur qui t'a empêchée de voir ce que nous avons vu. La folie des hommes n'a donc pas de limite ! Ô mon Elishèba, le sang qui coulait dans les rigoles du Temple n'était pas que celui des offrandes, mais bien celui des fils d'Abraham.

Sans la présence d'esprit et le courage de Yosef, nous n'aurions jamais survécu à ce carnage fratricide. En connaissait-on seulement la raison ? Archélaüs, qui règne sur la Judée, a défié la Loi en épousant la veuve de son frère ! Archélaüs, le fils d'Hérode, étouffe le peuple sous les impôts ! Archélaüs, suppôt de Rome, construit une ville à sa propre gloire !

Voilà ce que j'entendais !

Et soudain, de toutes parts, la révolte a grondé. Et soudain, de toutes parts, les armes ont remplacé les mots, et les morts ont parlé pour les vivants.

Il est vrai que depuis trop longtemps notre peuple subit le joug des envahisseurs. Mais ne sommes-nous pas élus par le Tout-Puissant pour chanter Sa gloire à travers l'éternité ? Ne sommes-nous pas le Peuple de la Promesse ? Quelle puissance, quel envahisseur pourraient nous enlever ce qu'Il nous a donné ? Est-ce par la guerre que nous leur ferons voir le chemin qui mène à Lui ? Ou est-ce par l'humilité ?

Et nos fils, nos filles, notre chair ! Encore éclatés sur les murs du Temple ! Encore traînés dans la fange des porcs !

Ô ma compagne, mon cœur saigne devant tant de sacrifices inutiles. Nos enfants ! Nos enfants sans cesse immolés !

Faudra-t-il qu'à travers la nuit des temps se perpétue le drame de notre peuple ? Comme il y a mille ans déjà, comme il y a cinq cents ans encore, lorsque nos pères furent brûlés vifs dans la vallée du Carnage ou déportés vers Babylone.

Barbarie des hommes qui oublient leurs devoirs de fidèles ! Barbarie des pères entraînant leurs fils dans la haine et la violence !

Pourquoi vouloir, au nom de l'Unique, être les seuls à avoir raison ?

Quand bien même un païen vivrait sous notre toit, n'est-ce pas ainsi que se réalisera l'ordre donné par le Tout-Puissant ?

Comment aimer son prochain, s'il n'est pas à côté de nous ? Pourquoi le haïr parce qu'il ne pense pas comme nous ? N'aime-t-il pas lui aussi une femme, un enfant ? N'a-t-il point de mère pour le chérir, de frères pour le soutenir, de sœurs pour partager ? N'est-ce pas en mélangeant les grains de blé que l'on obtient la meilleure farine ?

Peuple de la Terre, vas-tu encore une fois trahir l'Alliance avec l'Eternel ?

Ô mon Elishèba, faudra-t-il que dans les temps à venir le sang coule encore sur la Terre pour qu'enfin vienne la paix ?

Une délégation partit pour Rome avec la mission de demander à l'empereur la destitution d'Archélaüs.

Les hommes qui la composaient savaient-ils qu'ils tenaient entre leurs mains le destin de la Palestine ? Sans aucun doute. Mais avaient-ils vraiment conscience qu'en demandant à l'envahisseur de retirer tout pouvoir au dernier roitelet d'une lignée honnie, ils mettaient en péril la liberté de leur peuple ? Certainement pas !

Car ce roi, bien qu'impie et tyrannique, restait malgré tout leur dernier rempart contre l'aliénation totale de leurs droits.

L'empereur les reçut et les écouta. Et ils furent entendus car leur cause était juste mais, surtout, parce qu'ainsi étaient les intérêts de Rome.

Après dix ans d'un règne aussi barbare que celui d'Hérode son père, Archélaüs, ethnarque de Samarie, de Judée et d'Idumée, fut exilé en Gaule, et son royaume passa sous la totale domination romaine.

Alors, la crainte de Yosef se réalisa. Le droit ancestral pour un Juif de n'être jugé que par un tribunal juif fut supprimé.

C'en était bien fini du royaume de David. Il ne restait plus qu'un seul espoir auquel se raccrochait ce peuple éperdu de douleur. Cet espoir, c'était la venue du Messie !

Certains fourbirent leurs armes, persuadés que celui qui libérerait Israël ne pourrait vaincre que par la guerre. D'autres se jetèrent dans la prière, car pour eux, le sauveur apporterait le royaume des Cieux.

Dans le petit village de Nazareth, comme dans toute la terre occupée, parmi ceux qui attendaient que Dieu fasse entendre Sa voix se trouvaient deux garçons, deux cousins partageant le même espoir.

Myriam à Elishèba

Et cela a duré deux ans, mon amie, deux ans de guerre, de fuite et de morts ! Deux ans de cultures ravagées, de champs piétinés par les troupes, de bétail volé par les pillards.

Même notre petit Nazareth niché sur sa colline n'a pas été épargné. Mais ici, ce ne sont ni les guerriers ni les voleurs qui ont apporté le malheur, ce sont les gens fuyant de toutes parts leurs maisons incendiées, leurs villages rasés par ce nouvel égarement des hommes.

Bien que démunis, nous avons ouvert nos portes et secouru ceux qui venaient de tout perdre. Mais leur nombre a si vite augmenté que, malgré toute notre bonne volonté, lorsqu'il n'y eut plus de farine dans nos maisons, plus de légumes dans nos jardins, il nous fallut rejeter les nouveaux arrivants.

J'ai cru devenir folle, mon aimée, folle de douleur en voyant repartir ces familles entières affamées, épuisées par tant de misères. Folle de n'avoir plus rien à leur offrir, si ce n'était le pain de mes propres enfants.

Quel choix impossible, mon Elishèba, quel choix impossible pour une mère ! Quelle impuissance devant tant de cruautés, de détresses !

Rien, plus rien à donner si ce n'était un peu d'amour. Mais combien en faut-il pour remplir un ventre vide ? Et comment parler du Tout-Puissant à une mère qui voit mourir son enfant ?

– Va-t'en, m'a crié une femme allongée près du petit corps sans vie, va-t'en au lieu de venir me narguer, et sois maudite de voir encore respirer la chair de ta chair !

Je n'ai pu que fuir avant d'être atteinte par les pierres qu'elle me lançait.

Et la haine nourrissant la haine, j'ai vu les hommes du village, ceux-là mêmes qui parlent sans cesse au nom de l'Eternel, je les ai vus traiter les pauvres hères comme des parias et vouloir les chasser de leurs abris dans les collines. Je les ai vus leur refuser l'eau de notre fontaine, du feu pour réchauffer leurs corps engourdis par tant de marches.

Il a fallu toute la colère de Yosef pour les empêcher de persister dans ce crime. Lorsqu'il a été prévenu de leurs intentions, il a jeté son rabot et, délaissant son atelier en plein jour de travail, il s'est rendu à la synagogue. Là, depuis la porte, pointant son bâton vers eux, il leur a rappelé les paroles de l'Eternel.

– Dans quel ravin du démon êtes-vous tombés, hommes de beaucoup de mots et de peu de foi, pour refuser l'eau du ciel à vos frères ? Qu'un seul d'entre vous repousse une femme ou un enfant de la fontaine, et il verra la main du Tout-Puissant s'abattre sur sa maisonnée, et ses propres fils mourront de soif, et il ne restera rien que la mémoire de son nom pour nous rappeler son arrogance !

C'est dans ces moments-là, ma douce, que j'aime le plus mon époux !

Le sachant juste et sage dans son propos, et craignant le courroux du Créateur, les hommes ont reculé et ainsi les malheureux ont continué de trouver auprès de nous refuge pour dormir et eau pour boire.

Et nous, les femmes, nous avons fait des miracles pour les aider à se nourrir. Oui, ma douce, des miracles. Mais celle qui fut reconnue pour la plus admirable n'est autre que mon Esther qui, du haut de ses six ans, a plus accompli que la plupart d'entre nous !

Elle seule savait apporter un rayon de soleil. Son dévouement était sans faille, sa prévenance si naturelle que tous la recevaient, et même la mère éplorée qui m'avait jeté des pierres lui a ouvert ses bras.

– De quelle grâce, m'a-t-elle demandé, de quels dons le Tout-Puissant a-t-Il pourvu ton enfant ?

Ainsi, j'ai pu à nouveau m'approcher de cette femme et la réconforter.

La révolte touchait à sa fin lorsque notre Sarah nous a quittés. T'ai-je jamais dit à quel point elle m'était précieuse ? Bien que d'un âge avancé, elle s'occupait sans cesse et lorsque ce n'était pas pour laver ou cuisiner, c'était pour distraire ou promener les plus jeunes tandis que je finissais mon travail.

– Sarah, lui ai-je dit une fois après une rude journée de travail, il est temps de te reposer.

– J'ai attendu toute une vie, toute une vie, m'a-t-elle répondu, que le bonheur frappe à ma porte ! Crois-tu que je vais m'arrêter maintenant qu'il est arrivé ? Et comme l'Eternel est grand en toute chose, Il n'a pas voulu que je quitte cette terre sans t'avoir rencontrée, Myriam, et sans connaître par toi cette joie d'aimer et d'être aimée.

Pour cacher son émotion, elle est allée se rafraîchir au bassin de la cour. Mais les privations ont eu raison de sa santé déjà fragile.

– Myriam, m'a-t-elle dit un soir, tu as trop de bouches à nourrir. Tes enfants doivent passer en premier.

– Il y aura toujours une bolée pour toi, Sarah, et cette bolée n'est pas une charité ; c'est te rendre un tout petit peu de ce que tu nous donnes.

Elle a souri, découvrant les chicots qui lui servaient de dents. Elle a souri et m'a embrassée. Et au matin, sa couche était vide. On l'a retrouvée plus tard, assise sur un banc, à l'endroit où autrefois elle avait un bout de jardin. Elle dormait. Les yeux grands ouverts sur le bleu du ciel qu'elle ne verrait plus.

Il nous est resté comme seul réconfort de lui avoir donné la joie d'être la grand-mère de nos enfants, et de les avoir aimés.

Myriam à Elishèba

N'est-ce pas lorsque tout s'effondre que se révèlent les esprits forts ?

Dans cette période de grands troubles, nos fils ont montré combien ils étaient conscients des événements et attentifs à notre devenir.

Certes, ils aidaient à l'atelier, mais le reste de leur temps était presque toujours consacré à la lecture, au commentaire du Livre ou à de graves conciliabules avec Yosef.

Et chaque jour, de nouvelles questions brûlaient leurs lèvres et ils n'avaient de cesse d'avoir entendu une réponse pour aller plus loin dans leurs discussions.

Même mon Iacob voulait participer, et en te disant cela je souris, car voici en général ce qui se passait. Dès que nos aînés s'installaient et que Yokanaan commençait la lecture, il s'asseyait à leur côté et, patiemment, attendait. De toute évidence, son sentiment oscillait entre admiration et contrariété. Il se savait trop jeune et pas encore assez instruit pour participer aux débats, mais se prétendait trop âgé pour rester avec ses autres frères et sœurs. Alors il se tenait là, silencieux. Mais dès que Ièshoua' reprenait la lecture, il se préparait, attendant que son frère manifeste un peu de fatigue pour qu'aussitôt, tel un de ces pantins qui saute dans les fêtes, il bondisse pour prendre la place.

– Je suis là, avait-il envie de crier, je suis là et, que vous le vouliez ou non, je resterai !

Il ne se doutait pas que, comprenant son désir, Yokanaan ou Ièshoua', à tour de rôle, lui cédaient leur place. Il ne se doutait pas davantage que nous attendions tous ce moment, nous gardant bien du moindre éclat qui l'aurait ridiculisé, mais riant un peu sous cape de voir sa fierté d'être accueilli parmi les grands.

Quant à mon tendre Yosef, il écoutait, patiemment, tout en corrigeant ici ou là quelques phrases mal énoncées. Il écoutait et étudiait, car la voix d'un enfant vous porte davantage à réflexion que celle d'un adulte trop souvent empreinte d'emphase. Il écoutait, et lorsque enfin la lecture s'arrêtait et que la discussion avançait, je sentais poindre en lui une ineffable satisfaction.

N'avait-il pas consacré beaucoup de son temps à l'éducation de ses fils ? Certes, le *hazzan* qui enseigne dans notre petite synagogue avait fait un bon travail, mais un père garde toujours au secret de son cœur cette certitude qu'il est resté, par ses mots, par ses gestes, par ses prières, le premier à montrer le chemin. Ton époux devait éprouver le même sentiment en entendant son fils réciter les psaumes.

Ainsi, pendant que je gardais les plus petits dans la cour ou sur le bord des jardins, tandis qu'avec d'autres femmes nous nous racontions nos travaux, nos fils et Yosef, parfois entourés de voisins venus se joindre à eux, commentaient la situation.

Pourquoi devons-nous accepter l'occupant ? Faut-il faire payer par le sang le sang déjà versé ? Qu'en est-il du royaume de David ? Et le Messie, le roi qui doit mettre fin à nos souffrances, nous délivrer de l'asservissement, quand viendra-t-il ?

Et Yosef répondait qu'il ne fallait pas douter, qu'il fallait garder l'espoir. Et eux – Yokanaan et Ièshoua' surtout – disaient :

– Oui, attendre, mais combien de temps encore ?

Nos garçons, que je ne voyais que comme des enfants, m'étonnaient par leurs propos. Il me semblait même parfois qu'un bouillonnement s'emparait d'eux et comme je m'en inquiétais auprès de Yosef, il me répondit qu'ainsi seraient ceux qui sauveraient Israël.

A ces mots, mon cœur de mère a cessé de battre un instant. Un voile de chagrin a terni mes yeux.

Comment ces deux enfants pourraient-ils sauver Israël ? Quelle folie pourrait naître en leur esprit ?

Heureusement, ma dernière-née est venue me tirer par le bas de ma robe pour me montrer son jeu, et son insistance ne me laissa pas d'autre choix que de la suivre.

Ainsi, j'ai pu, jusqu'au soir, oublier. Mais lorsque les yeux se ferment, resurgissent toujours les phrases, les gestes.

Cette nuit-là, je fus longue à trouver le sommeil, et je m'éveillai bien avant l'aube.

Mais maintenant que la paix est revenue, que les abris de nos collines se sont vidés et qu'il n'y a plus de disputes pour l'eau de notre fontaine, maintenant, petite mère aux yeux d'azur, le temps est venu d'une belle fête.

Demain, ma tendre Elishèba, il se vêtira du *talith* et montera à la *Tebah.* Demain, Yokanaan fera la lecture du texte de la semaine et ainsi il sera reconnu homme parmi les hommes. Il inscrira son nom parmi ceux de la synagogue.

Tu ne seras pas là, mon adorée, pour partager cette joie qui t'appartient plus qu'à toute autre, mais sache bien que c'est ton cœur qui battra en mon sein et tes larmes de bonheur qui baigneront mes yeux.

Ainsi, pour son treizième anniversaire, Yokanaan fut reçu parmi les hommes. Comme bientôt viendrait le tour de Ièshoua', et sous peu celui de Iacob, Yosef décida que, les soulèvements étant finis et les routes plus sûres, le moment était venu de ramener ses fils à Ièrusalem.

Et puis Zekkariah, qui avait accepté que son fils reste à Nazareth pendant la période des troubles, en réclamait maintenant le retour.

Aussi, lorsque la caravane s'ébranla en direction de la Ville sainte, les deux cousins remontèrent la file des voyageurs et ouvrirent la marche d'un pas solide et fier.

Le plus jeune était impatient de cette première rencontre avec la Demeure de l'Eternel. Il ne l'avait vue que de loin, ne se souvenant que des ors éclatant sous le soleil, mais il en savait tout le mystère et l'importance dans la vie du Peuple élu.

A son côté, se tenait celui qui depuis deux ans lui avait fait partager ses espoirs, ses rêves, et ses secrets.

Cette fois encore, les youyous des femmes, les cris

des enfants, les prières des hommes les accompagnèrent jusque dans la vallée.

Et cette fois encore, Myriam, les yeux pétillant de bonheur, regarda sa petite tribu avancer vers la cité de David.

Myriam à Elishèba

Il m'aurait fallu un cœur de pierre pour ne pas éprouver quelque fierté. De l'orgueil ? Peut-être bien qu'il y en avait un peu, également. Mais je sais que l'Eternel, dans Sa grande bonté, saura me pardonner cet égarement. N'avons-nous pas, avec mon époux, mérité ce bonheur qui est le nôtre aujourd'hui ? Et maintenant que nous avançons vers la cité qui abrite le Saint des Saints et que nos enfants marchent devant nous, n'avons-nous pas le droit de nous réjouir ?

Voilà que nous sommes à l'intérieur des murs de la ville. Et je me sens soudain heureuse dans le vacarme assourdissant de la foule en liesse, car cette effervescence me rappelle combien est grande la maison de l'Eternel.

Quelle joie, après tant de drames, que de voir Son Peuple vigoureux et fier se rassembler pour chanter Son Nom !

Et bien qu'ils aient souvent montré le lien qui les unissait, au point même que mes autres enfants en avaient eu quelques jalousies, leur étrange complicité se trouvait multipliée par cent, par mille, tant l'émotion portait, ici, tout à son comble.

Aussi, à peine avions-nous posé nos bagages qu'ils partaient à l'assaut de la ville. Iacob, malgré notre avis, voulut les suivre. Lorsqu'ils revinrent tard le soir, une grande fatigue le fit s'écrouler à même le sol. Il avait encore besoin de grandir avant de pouvoir aller avec ses frères. D'ailleurs, le jour suivant, il feignit d'être occupé à quelque jeu important pour ne pas se joindre à eux, ce qui les arrangeait certainement. Je les ai même soupçonnés de l'avoir volontairement épuisé pour se débarrasser discrètement de lui. Lorsque j'en fis la remarque à Yosef, il me répondit rudement qu'il n'y avait qu'une femme pour avoir de pareilles idées.

C'était bien la première fois qu'il me parlait ainsi et, comprenant qu'il m'avait blessée, il s'excusa aussitôt de cette pensée.

– Myriam, me dit-il alors, ma tendre Myriam, nos aînés ont seulement envie de passer ces derniers moments ensemble, car ils savent, comme nous, que Yokanaan doit retourner auprès de son père.

– Pourquoi maintenant ? lui ai-je répondu. Pourquoi ? Ne peut-il simplement le visiter ? Zekkariah est vieux, cet enfant a besoin de vie autour de lui, pas de voir s'approcher la mort.

Un rictus a barré son visage. Puis, sans me répondre, il a fermé les paupières et seul le murmure d'une prière intime est sorti de ses lèvres.

Alors, je suis retournée à mes occupations. Il est des choses qu'une mère, qu'une femme, doit savoir ne pas demander. Ne serait-ce pas inquiéter encore plus un époux que de le questionner à tout propos ? Et n'est-ce pas de son autorité que de dire, ou ne pas dire, ce qu'il sait ?

Elle te paraît bien loin, Elishèba, la petite Myriam rebelle et insoumise. Pourtant, crois-moi, elle bouillonne encore dans mon sein. Mais les événements de la vie nous apportent, entre joie et douleur, la compréhension, la sagesse, la notion du devoir.

Le mien n'est-il pas de permettre aux hommes de ma maisonnée de nous faire avancer sur le chemin qui mène au Royaume ?

Oui, mon aimée, voici comment je sers chaque jour le nom du Très-Haut. En étant telle qu'Il m'a voulue, femme et mère. Et c'est ainsi que je Le servirai jusqu'à mon dernier souffle.

Le petit Galiléen à l'accent rocailleux n'en croyait pas ses yeux. Palais de marbre multicolore, fontaines regorgeant d'eau, hippodrome aussi grand que sa colline de Nazareth, théâtre aux gradins immenses, mais aussi ruelles grouillant d'une foule bigarrée, boutiques achalandées de mille couleurs, chatoiement de langues jamais entendues, bizarrerie d'animaux jamais vus, tout, absolument tout le laissait bouche bée, yeux écarquillés.

Mais Yokanaan, qui semblait connaître tous les recoins de la ville, avait gardé la pièce maîtresse pour le deuxième jour.

Avant même que le soleil ne rougisse l'horizon, il le réveilla et, d'un pas rapide, par la porte de Suse, le conduisit sur le mont des Oliviers.

Nul ne prêta attention à ces deux enfants si tôt levés et déjà hors des murs de la ville. Même pas un convoyeur de bestiaux qui menait son troupeau jusqu'aux piscines sacrées.

Ils marchaient vite. Yokanaan forçait le pas pour que son cousin n'eût pas le loisir de regarder en arrière et de découvrir ainsi ce qu'il lui cachait encore.

Enfin, ils arrivèrent sur la colline. Yokanaan s'arrêta, s'appuya contre un olivier noueux et, d'un doigt tendu, fit signe à Ièshoua' de se retourner.

Il se retourna. Et un frisson parcourut tout son corps.

Dominant la masse des murailles de la ville, le Temple était devant lui, dans toute sa dimension surnaturelle !

Il était sous ses yeux, le lieu secret du Saint des Saints, la forteresse de l'Eternel, la grandeur d'Israël !

Il était bien de pierres et d'or, ce rêve qui l'avait bercé chaque soir depuis sa plus tendre enfance.

Il resta un instant figé par l'éblouissant spectacle, puis il s'élança en courant vers la porte par laquelle ils étaient sortis et s'engouffra sur le parvis des Gentils pour en embrasser le sol, en caresser la pierre.

Il ne vit rien des marchands et des changeurs de monnaies. Rien en ce premier jour, où seule comptait l'imposante majesté de Sa Demeure.

Et il comprit pourquoi ceux qui étaient dispersés au-delà des mers et des monts, pourquoi, à l'heure de la prière, ils se tournaient tous en direction du Temple.

Nulle part ailleurs Sa gloire ne pouvait être chantée comme ici, au cœur de la cité de David.

Le petit Nazaréen sentit que plus rien ne serait comme la veille, et que demain, aujourd'hui, en cet instant même, il était déjà un autre.

Lorsque Yokanaan le rejoignit, il comprit que le petit garçon était devenu un homme et le mena à la synagogue du Temple pour le présenter, lui fils de prêtre, aux rabbis qui se tenaient là.

Et eux, les vieux sages habitués à toutes les révélations, après avoir entendu Ièshoua', demandèrent à voir son père.

Et c'est ainsi que, malgré son jeune âge, le fils de Yosef fut admis à monter à la *Tebah,* pour y lire le Livre.

Myriam à Elishèba

Maintenant Yosef m'annonce une nouvelle qui me réjouit. Mon aîné va lire à son tour le Livre en public et inscrire son nom parmi ceux des hommes de la synagogue.

Un homme, mon Ièshoua ! Un homme déjà responsable de lui-même et, plus tard, chef de notre famille !

Plus tard ! Mais pourquoi faut-il que je pense toujours à plus tard, et surtout en ce jour d'allégresse.

Car me voici, entourée de celles qui me sont chères, prenant ma place dans le carré des femmes. Et, malgré sa petite taille, je peux le voir, mon fils, car tous lui laissent le passage.

Il s'avance de trois pas vers la *Tebah* et s'arrête. Puis, selon la tradition, il recule de trois pas, et s'arrête encore.

Ô mon Elishèba, quelle émotion ! Que de souvenirs en ces quelques instants !

Cet enfant, je l'ai porté en moi, contre moi. J'ai cru cent fois le perdre, dans nos fuites, dans nos guerres, dans les maladies qui nous enlevaient nos agneaux, mais mon amour de mère l'a protégé plus que tout des dangers de l'enfance.

Et maintenant, j'ai le sentiment, en le voyant devenir homme, de le perdre encore une fois.

Il a revêtu le *talith* et ainsi annonce à ceux qui sont rassemblés qu'il est l'officiant. Il s'approche de l'Arche sainte contenant les rouleaux sacrés. Il les prend sur son épaule et, suivi des notables, il parcourt les allées de la synagogue, et les fidèles se lèvent, tendent leur châle de prière vers la housse abritant les rouleaux et puis le portent à leurs lèvres.

Enfin, il revient vers le pupitre. Soudain, sa voix s'élève :

– « Il n'a plus paru en Israël un prophète tel que Moïse, avec qui le Seigneur avait communiqué face à face... »

Un pincement serre mon cœur. N'est-ce pas l'oraison funèbre de Moïse ? Et cette oraison ne marque-t-elle pas la fin du Livre ?

– « ... eu égard à tant de signes et de prodiges que le Seigneur lui donna mission d'opérer en Egypte... »

Voici bien, mon Elishèba, la dernière *parasha*, le dernier chapitre écrit de l'histoire de notre peuple. Et il concerne bien Moïse car, depuis, il n'y a pas eu un seul prophète, un seul guide assez puissant pour être entendu dans le désert et pour nous sauver à nouveau du joug de l'envahisseur.

– « ... sur Pharaon, ses serviteurs et son pays entier, ainsi qu'à cette main puissante, et à toutes ces imposantes merveilles que Moïse accomplit aux yeux de tout Israël. »

Mais elle se poursuit depuis deux mille ans, cette histoire, avec pour seul espoir de voir arriver le Messie promis par l'Unique.

Plus que jamais, notre peuple attend sa venue. Et plus que jamais il a besoin qu'il vienne, le sauveur, et qu'il nous éclaire de sa lumière.

Voilà pourquoi, lorsque, à la fin de la lecture, Yokanaan s'est approché de Ièshoua', lorsque j'ai vu ces deux enfants nés de notre chair s'embrasser dans un même élan de joie, je me suis adressée à l'Eternel :

– Ô Divin au nom imprononçable, fasse en ce jour béni où il est enfin reconnu fils de la Loi, fasse que mon vœu se réalise, et qu'il voie, lui, Ièshoua' mon fils, et Yokanaan, et Iacob, et mes autres enfants, et tous les enfants qui contemplent Ton Royaume, fasse qu'ils soient les plus heureux des mortels en voyant de leurs yeux s'écrire la dernière *parasha.* Celle qui racontera la venue du Messie !

Yokanaan partit. Ainsi était son destin. Lorsqu'il quitta la maison pour prendre la route, Myriam ne put retenir ses larmes. Elle posa sa tête sur l'épaule de Yosef et lui, tendrement, enlaça sa taille de son bras puissant.

Esther garda la tête haute, mais des perles brillantes se cachaient dans le coin de ses yeux. Anne, tenant sa boule de bois serrée entre ses petites mains, s'accrocha à la robe de sa mère. Les garçons continuaient de jouer, mais ils surveillaient Yokanaan et lorsqu'ils le virent prendre son sac et le jeter par-dessus son épaule, ils se ruèrent sur lui pour, une dernière fois, engager une bataille, le tracasser de leurs plaisanteries, ce qui était une façon de dissimuler leur émotion.

Certes, ils n'avaient pas toujours compris ce cousin dont les yeux s'enflammaient lorsqu'il parlait de l'Unique. Certes, il leur avait paru étrange dans ses passions, austère dans ses désirs, mais ils avaient partagé avec lui leurs jeux, leurs rires, et surtout leurs confidences pendant les deux années qu'avait duré la guerre. Et deux ans, si c'est peu dans une vie d'homme, c'est immense dans une vie d'enfant.

Le moment était venu pour lui de retourner auprès de son père vieillissant et solitaire.

Il s'approcha de Ièshoua', lui donna une accolade puis, chacun d'eux posant ses mains sur les épaules de l'autre, ils se regardèrent fixement, sans bouger, sans respirer, et le temps lui-même cessa d'avancer, tant l'instant leur parut important.

Alors, Yokanaan desserra l'étreinte et, sans se retourner, du pas certain de l'homme qui connaît son chemin, il disparut dans la foule de ce dernier matin de Pâque.

Yosef donna l'ordre du départ, et la petite tribu rejoignit la caravane qui attendait à la porte Dorée.

Ils partirent, au pas lent des ânes, partagés entre le chagrin de la séparation et le plaisir de rentrer chez eux.

Parfois un chant s'élevait, parfois un pleur de nouveau-né dominait le vacarme, parfois le silence s'étendait d'un bout à l'autre de la caravane puis, soudain, le brouhaha reprenait le dessus et, sans trop savoir pourquoi, la musique sortie d'un *innor* leur donnait l'envie de danser.

Mais le temps pressait. Il y avait quatre jours de marche jusqu'à Nazareth et Yosef avait du travail en retard.

Le premier soir, ils installèrent le campement à proximité d'une oasis et, comme toujours dans ces cas-là, à l'heure de se coucher, les garçons se regroupèrent d'un côté tandis que les filles, sous le regard des matrones, se resserraient dans le coin des femmes.

Le repas fut frugal, ce qui ne gêna personne après l'abondance de nourriture et de douceurs qui caractérisait toutes les fêtes, et particulièrement la Pâque.

Puis, avant même que les étoiles étincellent dans le ciel, les yeux se fermèrent et il n'y eut plus que le souffle des anges pour caresser la nuit.

Myriam à Elishèba

Il est parti, Elishèba, ma sœur, il est parti et rien n'est venu distraire le moment de notre séparation.

– Notre maison est ta maison, Yokanaan, lui ai-je dit. Pousse la porte lorsqu'il t'en viendra le désir. Ne nous reste pas étranger et que l'Eternel te protège et te guide.

– Les chemins du Seigneur sont ouverts à tous, m'a-t-il répondu, et nous nous y retrouverons, un jour ou l'autre.

Puis il m'a embrassée et il est sorti de la pièce. Mes filles n'ont pas craint de pleurer, tandis que les garçons fanfaronnaient pour cacher leur chagrin. Seul Ièshoua' est resté serein mais, bien avant cet instant, tout avait certainement été dit entre lui et ton fils.

Alors Yosef, d'une voix trahissant son émotion, a donné le signal du départ. La caravane attendait à la porte Dorée. Il ne fallait pas être en retard. Et chacun s'est pressé pour rassembler son maigre bagage et ainsi, Yokanaan sur la route de Aïn Karem, et nous sur celle de Nazareth, nous pouvions avoir l'impression d'être encore ensemble dans le même voyage.

A la nuit, tandis que nous installions le campement, je m'inquiétai de savoir où était Ièshoua'. Tellement habitués de le savoir avec Yokanaan que nous ne nous étions pas jusqu'alors préoccupés de lui.

– Il est certainement parmi les grands, dans un coin éloigné du campement, comme ils aiment à le faire habituellement, me répondit Yosef.

Puis, pour me rassurer pleinement, il me rappela, avec un sourire enjoué, que depuis hier, notre fils était un homme. Ne voulant pas m'immiscer dans les affaires entre père et fils, je m'occupai des filles et de la cuisine.

Ce n'est qu'au petit matin, alors que le soleil se levait, que Yosef me réveilla.

Ô mon adorée, en voyant son visage soucieux, je sus tout de suite que Ièshoua' n'était pas avec nous et mon sang s'est figé dans mes veines.

Mon époux me confirma que personne ne se rappelait l'avoir vu depuis notre départ.

Confiant notre famille à des amis, nous reprîmes la route en direction de Ièrusalem.

Il ne nous fallut que quelques heures pour refaire le chemin parcouru la veille. Sans bagages, sans enfants, et le souci nous tenaillant, nous avancions vite.

Je marchais en silence, essayant de prier pour apaiser mon souci, mais ne pouvant trouver mes mots dans la confusion de mes pensées.

Mon Dieu, rappelle-Toi ma prière du premier soir ! Rappelle-Toi mes prières de tous les soirs ! Prends ma vie, pas celle de mes enfants. Laisse-leur le temps de vivre !

Je marchais, en silence, et mon époux de même. Et ainsi nous sommes arrivés à la porte de l'Eau par laquelle nous pouvions traverser la ville plus rapidement. Alors Yosef s'arrêta et, remontant d'un geste plein d'affection mon foulard qui tombait sur ma nuque, il me dit d'une voix se voulant rassurante :

– N'aie crainte, il ne lui est rien arrivé de grave.

Puis, il ajouta :

– Je crois savoir où le trouver.

Il guida nos pas vers le Temple et, par l'escalier qui mène au parvis des Gentils, il se dirigea vers la synagogue.

Je le suivis et traversai la pièce faiblement éclairée. Au premier rang des fidèles, je reconnus mon enfant. Il était assis à même le sol, le regard fixé sur les lèvres du rabbi, fasciné par ce qu'il entendait.

Il était là, hors du temps, absent du monde.

Comme s'il avait senti notre présence, il se retourna. Nous voyant le front ruisselant de sueur, les traits tirés par la fatigue et l'inquiétude, il se leva.

– Ièshoua' ! Ièshoua' !

Je ne pouvais rien dire, rien faire d'autre que prononcer son nom.

– Ièshoua' !

Mais il ne bougeait pas. Il me regardait. Il regardait Yosef, comme étonné de nous voir là.

– Ièshoua', sais-tu que nous te cherchons depuis ce matin ? Comprends-tu la crainte qui nous dévore ?

– Pourquoi me cherchiez-vous ? me répondit-il d'une voix paisible. Ne savez-vous pas qu'il me faut être aux choses de mon Père ?

Je ne compris pas son propos. Je me tournai vers Yosef, attendant de sa part une remontrance, mais il n'y avait que deux larmes coulant sur ses joues flétries.

Et pour la première fois, je vis combien il avait vieilli.

Très tôt le matin, nous avons repris la route afin de rattraper la caravane dans la journée. Tandis que nous avancions d'un pas rapide, j'observais mon enfant. Il soutenait notre cadence, le regard décidé, l'air tranquille et assuré.

Soudain, j'eus l'impression de ne pas connaître ce fils qui est ma chair et j'en ressentis une profonde gêne, comme une secrète amertume. L'ai-je trop choyé ? L'ai-je trop aimé, plus que les autres ? Une mère peut-elle avoir une préférence pour l'un de ses enfants ?

Comme s'il entendait mes questions, il se retourna vers moi et sourit. Dans son sourire, il y avait encore tout l'amour d'un enfant pour sa mère, mais aussi une effroyable distance, et je sus à cet instant que bientôt mon fils ne m'appartiendrait plus.

Et comme le jour de sa présentation au Temple, lorsque ce vieillard s'était approché de moi avec d'incompréhensibles paroles, comme ce jour-là, un frisson me glaça jusqu'aux os.

Chapitre 4

L'année suivante, Iacob à son tour monta à la *Tebah.* Ainsi, il y avait maintenant trois hommes dans la maison de Myriam.

Trois hommes qui, tous les matins, se rendaient à l'atelier et accomplissaient leur tâche simplement, avec le respect dû à toute chose voulue par le Seigneur.

Trois hommes qui, tous les soirs, se rendaient à la synagogue et accomplissaient leurs devoirs de fils de Dieu, avec le même amour que celui qu'ils portaient à leur travail.

Car il n'y avait pas pour eux de séparation entre le quotidien et le divin, entre la perfection d'une charrue et l'intensité d'une lecture.

Après quoi, ils regagnaient leur demeure. Myriam et Esther les attendaient et, après leur avoir servi le repas du soir, s'asseyaient à la même table qu'eux.

Myriam était dans la plénitude de son âge. Les maternités avaient arrondi ses hanches, les soucis creusé quelques rides sur ses joues, et les joies enluminé ses yeux d'un millier d'étincelles bleutées.

Et chaque jour Yosef la faisait rosir en lui disant

combien il la trouvait belle et combien encore il la désirait.

Ce soir, les hommes parlent du temps. Nous voici bien après *Yom Kippour* et on attend encore les premières pluies qui tombent de coutume au lendemain des Tabernacles.

Ils en parlent, comme dans toutes les maisons du village et des environs, car bien qu'elles s'abattent souvent en averses brutales, emplissant les oueds si rapidement qu'ils débordent et dévastent tout sur leur passage, les pluies d'automne sont toujours reçues comme un bienfait divin.

Sans elles, il n'y aurait que champs craquelés, jardins abandonnés, puits vides et sources taries. Le pays entier ressemblerait vite à une vieille peau tannée par le soleil. Alors, tous prient l'Eternel et scrutent l'horizon.

Après le repas, les hommes montent sur le toit-terrasse. Il fait froid. Le vent d'est leur apporte des odeurs de neige. Rien ne semble annoncer la pluie, mais le charpentier sait lire les signes de la nature.

Il pleuvra demain, dit-il à ses fils.

Et le lendemain, vers la fin de la matinée, une première trombe d'eau s'écrasa sur la colline de Nazareth.

Aussitôt, les enfants s'élancèrent dans la ruelle du village en criant et riant, jouant dans les flaques, déviant les courants, créant des rivières imaginaires, et en deux minutes, ce fut comme une nouvelle fête rythmée par le martèlement des gouttes sur les toits plats et les pierres des cours.

Myriam était à son jardin. Aidée par Esther, elle

cueillait les derniers fruits de son verger. Aux premières gouttes, elles prirent leurs paniers et coururent se réfugier sous un rocher qui était en aplomb. Mais, malgré leur rapidité, elles arrivèrent dans leur abri de fortune mouillées jusqu'aux os.

Esther, d'un caractère jovial, dénoua son foulard trempé, lâcha ses cheveux et fit tournoyer sa robe pour la faire sécher dans l'air. Myriam la gronda de son impudeur. Une fille de son âge ne laisse pas voir sa chevelure et ses jambes.

La toute jeune fille lui répondit en riant, comme elle riait tous les jours que Dieu lui donnait.

Et Myriam, bien que voulant la réprimander à nouveau, ne put que rire à son tour. Esther était la prunelle de ses yeux, son adorée. Et le portrait vivant de sa chère Elishèba, ce qui autorisait bien des choses.

Myriam à Elishèba

Dis-moi, mon Elishèba, peut-on être faible à ce point avec l'un de ses enfants ?

Il y a quelques jours, alors que, mouillées par un orage soudain, nous nous étions réfugiées dans un abri, Esther a lâché sa chevelure et soulevé sa robe pour la faire sécher.

– Esther, lui ai-je dit, tu n'es plus une enfant ! Tu es maintenant devenue femme et en passe de te marier !

Elle a ri, avec un petit air de moquerie dans les yeux, et m'a répondu :

– Mon mari, ma mère, me prendra comme je suis, ou bien il me laissera !

Et ce disant, elle a fait voleter sa robe un tour de plus, ce qui m'a tellement choquée que je n'ai pu la gronder.

Etions-nous comme cela, mon Elishèba, lorsque nous avons connu notre premier sang de femme ? Je me souviens encore de ce jour. Bien qu'éduquée par ma mère, je ne savais comment lui dire mon tourment et il a fallu que je m'évanouisse pour qu'elle s'en aperçoive et vienne à mon secours.

Même avec toi, ma tendre cousine, même avec toi je n'abordais que rarement ces choses intimes. Bien sûr, nos maris savent lorsqu'ils ne peuvent nous approcher. Bien sûr, nos voisines connaissent le temps de nos indispositions, ne serait-ce qu'en voyant nos linges souillés, mais nous baissons humblement la tête et restons à l'écart pendant ce temps d'impureté.

Et c'est ainsi que font encore les filles de nos maisons ! Pourquoi mon Esther est-elle si différente ? Sais-tu que, sans aucune gêne, elle a annoncé qu'il faudrait dorénavant la traiter comme une vraie jeune fille. Puis, sans plus se soucier, au lieu de se cacher comme le justifiait son état, elle est partie mener nos bêtes au pré.

Je crains fort que mon enfant ne se soit laissé gagner par les propos de quelques femmes du village qui se plaignent sans cesse de leur condition et voudraient être libres d'agir à leur guise.

Mais qu'en serait-il si nous n'étions l'exemple de nos maisons et si nous laissions nos désirs dominer notre temps ?

Ou bien est-ce moi qui n'ai pas su lui faire comprendre où était son devoir ?

Vois-tu, ma douce, je m'inquiète de tout, alors que je devrais me réjouir de voir ma fille toujours sourire et de bonne humeur, ne rechignant jamais à la tâche, cuisinant déjà toute seule, prenant soin de notre petite dernière, filant la laine. Elle est un vrai bonheur pour une mère !

Encore une fois, je vais lui trouver une excuse là où je devrais sévir.

Et encore une fois, je vais admettre qu'elle a bien droit à un peu de cette liberté que nous n'avons pas connue et que ce n'est pas grand péché, tant que son esprit reste pur et sa foi intacte.

Mon Elishèba, après tant d'années, je te parle encore comme si tu étais à mon côté. Etrangement, je n'ai plus de douleur de ton absence. Avec le temps, je te vis toute en pensées, te faisant partager les miennes, m'appropriant celles que tu aurais eues, et ainsi nous continuons d'avancer sur le même chemin, cœur contre cœur. D'aillcurs, te parlerais-je aussi librement si tu étais là ? Et ne serais-tu pas déçue de voir ce qu'est devenue la petite Myriam pleine de fougue et de passion ?

Voilà peut-être bien la raison pour laquelle j'aime mon Esther telle qu'elle est, car s'il me suffit de la regarder pour te voir, il me suffit de l'entendre pour me retrouver. Alors un sang neuf coule dans mes veines.

Et je le dois à la toute jeune rebelle de ma tribu !

Les pluies tombèrent en abondance, ce qui laissa espérer une bonne récolte pour l'année suivante.

Puis vint le printemps, et parce qu'Il n'aimait pas voir Son Peuple souffrir, Yavèh lui envoya à nouveau de belles ondées.

La terre regorgea d'eau, les prés verdirent en une nuit, l'herbe fut haute d'un sabbat à l'autre, et les jardins embaumèrent d'une profusion de senteurs.

Il fallut tous les bras disponibles pour faucher les blés, l'avoine, le foin, tout en continuant le travail quotidien.

Yosef réparait des attelles de charrettes, fabriquait de nouveaux socs et son petit atelier bourdonnait de mille conversations hâtives car le temps pressait. Il fallait rentrer la récolte avant les nouvelles pluies, et surtout, ne pas laisser pourrir un seul grain sur pied, ce qui aurait été une insulte à l'Eternel.

Heureusement, il avait maintenant trois paires de bras de plus pour le seconder : Ièshoua', qui venait d'atteindre son quinzième anniversaire, et Iacob, qui le suivait de peu malgré sa petite taille.

Le fils premier-né du charpentier tenait toutes les

promesses faites à son père. Soucieux, méticuleux, accomplissant sa tâche avec bonheur, il travaillait en silence, penché sur son établi, ne quittant son rabot que pour se rendre à la synagogue où, de plus en plus souvent, le *hazzan* l'appelait à la *Tebah* pour la lecture du jour.

Iacob ne décevait pas. Mais lui restait attaché à son enfance, se contentant de nettoyer les copeaux, déplacer les rondins de bois, se rendant utile en toutes choses dans un mouvement permanent de bras et de jambes, jouant de tout, s'amusant même du surnom de « Sauterelle » que lui avaient donné ses compagnons.

Même Iosé aidait. Il rapportait une gourde d'eau fraîche à son père, puis la passait à ses frères, profitant de ce qu'ils buvaient, la tête penchée en arrière, pour pousser le rabot, enfoncer une cheville de bois d'un petit coup de maillet, et il repartait avec sa gourde vide, persuadé que personne ne voyait son manège, alors que tous s'amusaient de lui.

– Il aimera notre métier, disait toujours Ièshoua' en regardant son père. La succession est assurée.

Yosef gardait les yeux sur son dessin, poursuivait son calcul, comme s'il s'agissait d'une remarque anodine.

Et le soir, lorsque, fourbus par leur journée, ils rentraient dans la maison, c'était pour retrouver un autre essaim d'abeilles besogneuses qui avaient consacré leurs heures à préparer leur retour.

Car dans la demeure de Yosef et Myriam, chaque séparation était un moment de chagrin, comme si ceux qui partaient s'en allaient pour longtemps, et chaque retour une joie, comme s'ils revenaient d'un long et harassant voyage.

Alors, il y avait des embrassades, et toute la famille se retrouvait autour de la table. Bien que le repas fût frugal et souvent identique à celui de la veille, il était toujours animé par un grand bouillonnement de mots et de rires.

Yosef prenait sa dernière fille sur ses genoux et l'amusait d'une nouvelle bille de bois qu'il venait de lui faire, et Myriam s'asseyait à son côté, et les grands disaient un conte aux plus petits tandis qu'Esther se mettait à filer la laine abandonnée un instant par sa mère.

Jusqu'à ce qu'un cri, un pleur, vienne troubler ce moment de repos. Et ainsi, mystère de la nature, un enfant annonçait l'heure du sommeil.

Myriam à Yosef

Il est si bon, mon ami, de voir ensemble grandir nos enfants. Après tant d'épreuves, de soucis, nous voici enfin profitant de chaque instant, et cette maison si pleine de vie est la preuve de notre amour.

Et si nous ne trouvons plus trop le temps de parler comme nous le faisions autrefois, ce n'est pas parce que nos sentiments nous éloignent l'un de l'autre – bien au contraire ils n'ont, je crois, jamais été aussi forts – mais c'est tout simplement parcc qu'il y a autour de nous cette multitude et qu'elle est notre conversation permanente.

Voilà qu'une marieuse est venue hier me trouver pour me parler de notre Esther. Je l'ai justement renvoyée car je voudrais que notre fille puisse, comme tous nos enfants, choisir le compagnon de son chemin.

Nous n'avons pas eu ce droit, mais l'Eternel veillait sur nous. Et si je ne doute pas qu'ici encore Il guiderait notre choix, je préférerais laisser les cœurs de nos enfants parler pour eux.

Je sais que tu me désapprouves, mais aussi que tu me comprends. Il est vrai que si nous avons été un couple comme tant d'autres, ma vie, grâce à toi, a été différente de celle de la plupart des femmes. Bien que tu sois le maître dans notre maison, tu m'as toujours considérée comme ton égale.

Certes, tu as su, dès notre rencontre, que je ne pourrais pas vivre enfermée, que j'avais besoin du souffle du vent pour gonfler ma poitrine, de soleil pour mes jours, d'étoiles pour mes nuits, de l'or des blés, du rouge des bougainvilliers, du blanc de la laine pour rassasier mes yeux.

Certes encore, tu savais déjà que mon père, contrairement à la coutume, m'avait instruite des choses de la Loi. Tu savais aussi que je t'aimerais, toi qui m'as aimée au premier regard. Et cette pensée, j'en suis certaine, ne t'a jamais quitté. Oserai-je te rappeler sans rougir les mots que tu me glisses encore à l'oreille lorsque nous nous retrouvons seuls, le soir, sur le chemin du jardin, ou bien lorsque tu m'entraînes au fond de ton atelier pour me faire voir une nouvelle pièce de bois.

Tu m'appelles ta douce colombe, ton trésor secret, tu me dis que je suis le printemps de tes hivers, ta lumière, ta source d'eau pure ! Et tu profites de mon trouble pour me serrer dans tes bras, et je cherche encore ta bouche pour te faire taire de mes lèvres.

Ô mon aimé, nous sommes toujours comme de jeunes tourtereaux alors que nos cheveux grisonnent et que nos visages se rident. Puis-je te dire sans honte qu'il me plaît que tu me désires et qu'il ne me viendrait pas à l'esprit de te refuser ?

Le tour de nos enfants est venu de fonder une

famille, et j'espère que le Tout-Puissant, dans sa grande bonté, leur offrira un amour aussi fou que celui qu'Il nous a offert.

Entends-tu Anne lorsqu'elle parle du jour de ses épousailles ? Elle nous amuse en criant, elle qui est la plus jeune et la plus petite, qu'elle aura le plus beau des maris, le plus fort, le plus solide et le plus aimant ! Iacob et Iosé rougissent lorsque je les surprends discutant à voix basse et passent, me semble-t-il, plus de temps à la fontaine qu'à la synagogue. Il est vrai que les porteuses d'eau ont plus d'attraits que les rabbis !

Notre Ièshoua', lui, est tout à son travail et son étude.

– Le Seigneur décidera, m'a-t-il répondu lorsque je lui parlai de prendre femme.

Et il est retourné à ses pensées. Il reste notre Esther, bien souvent demandée, mais chez laquelle je pressens un désir pas encore dévoilé à ses propres yeux.

A moins qu'à son tour, elle veuille ne se consacrer qu'à servir Sa gloire, et, sans le savoir, accomplir le vœu prononcé autrefois par sa mère.

Chapitre 5

Pour maintenir cette *Pax Romana* qui assurait l'équilibre de l'Empire, Quirinus, légat de Syrie, nomma Hanan, fils de Set, au titre de souverain pontife.

Issu d'une grande famille sacerdotale entièrement dévouée à Rome, le nouveau grand prêtre était d'une incroyable habileté politique, qui, jointe à son immense fortune, lui permettait de se rendre indispensable au pouvoir en place.

Et puis l'empereur destitua Hanan, lequel, manœuvrant habilement, fit nommer d'abord son fils Eléazar puis son gendre, Caïphe, à ce poste tant convoité.

Mais pour le peuple de Dieu, ces mouvements de palais ne changeaient rien, car depuis le début de l'occupation, il croulait sous toujours plus d'impôts, de misère, de famine, de travail.

Et depuis, également, il était blessé au plus profond de son orgueil en voyant la Terre donnée par Yavèh habitée par des impurs.

Bien sûr, il y avait les fêtes. Bien sûr, il y avait la foi en l'Eternel, mais plus que jamais, le Peuple élu ne vivait que dans l'attente du libérateur promis.

Et l'appelait de toute sa foi.

Myriam à Elishèba

Comme le temps passe vite lorsque la vie s'écoule calmement ! Dans les reflets des matins aux parfums subtils, dans la profondeur des nuits au silence reposant, les années se succèdent, se ressemblent, ne laissant à la mémoire que quelques mots d'enfants, quelques rires et quelques chagrins.

Ainsi, ma douce, depuis le jour où nous avons retrouvé Ièshoua' dans la synagogue du Temple, notre vie s'est limitée au travail, à la préparation des fêtes qui jalonnent l'an et à l'éducation de nos enfants, afin qu'ils sachent se diriger selon les principes reçus de nos pères et dans le respect de la Loi.

Il n'est de jour où, les regardant réunis autour de la table, je me demande lequel d'entre eux va le premier m'annoncer son départ. Car il faut bien qu'ils nous quittent un jour afin que se perpétuent le nom qu'ils portent et la grandeur de notre peuple.

Mais tandis que ses frères ne pensent qu'à choisir une épouse, notre aîné préfère les longues soirées de discussions avec son père, ou bien encore avec Esther.

Souvent, ils restent tous les deux silencieux, assis sur la même pierre, admirant un rougeoiement dans le ciel, souriant au chant lointain d'une mésange. Rien ne semble les distraire de leurs pensées. Puis, comme d'un commun accord, ils se lèvent pour aller se rafraîchir au bassin. Et alors, ils rient, et s'amusent, et Ièshoua' fait tournoyer sa sœur jusqu'à ce qu'elle perde l'équilibre et tombe dans ses bras. Après quoi, il retourne alors à la synagogue tandis qu'elle s'assoit sur la pierre, une autre pensée lui occupant l'esprit.

Il y a peu encore je disais à Esther les joies du mariage, et le bonheur d'avoir un époux.

– Un époux ! s'est-elle écriée. Ai-je besoin d'un époux ? Regarde ce qu'ils font de leurs femmes, de leurs filles, et même de leurs mères. Des servantes ! Ont-elles le droit de s'asseoir à leur table, de dire et ordonner, de choisir et de s'instruire ? Est-ce cela, mère, que tu veux pour ta fille ?

– Il n'en est pas de toutes pareillement, ai-je observé. T'ai-je jamais donné l'impression d'être traitée ainsi ?

– Et si père avait été comme les autres maris, qu'aurais-tu fait ? m'a-t-elle répondu.

Et je n'ai pu que garder le silence car il est vrai que les femmes de notre peuple n'ont guère d'autres droits que celui d'enfanter et se taire.

Mais devons-nous nous rebeller pour autant et oublier le commandement de l'Eternel ?

Et quel autre secret retient Esther ? Quel autre secret impossible à dire ?

Son indépendance m'inquiète, mais son dévouement est un grand réconfort. Car maintenant elle tient notre maison, aidée par Anne, et ainsi je peux consacrer plus de temps à notre jardin, à filer la laine pour nos tuniques, et choyer un peu plus mon époux dont les épaules se voûtent sous le poids des ans.

Car mon Yosef se tasse, lui aussi. Ne vient-il pas de passer la cinquantaine ? Oh ! il ne se plaint pas et reste solide. Voir sa maisonnée encore réunie autour de lui est un baume sur les maux de son âge, mais je sais, moi, sa femme, que son sommeil n'est plus aussi facile et que le rabot lui est plus lourd à la main. Heureusement, ses fils pourront bientôt prendre la relève et le soulager de tant de travail, mais je crois bien que jusqu'au bout il voudra être le charpentier de Nazareth, celui dont on loue les qualités et le talent.

Il est une autre peine, mon Elishèba, dure à mon cœur de mère. Nous n'avons jamais revu Yokanaan. Zekkariah est mort, quelques mois seulement après que son fils lui fut revenu. Lorsque nous l'avons appris, Yosef s'est proposé d'aller à Aïn Karem le chercher. Etrangement, Ièshoua' s'est fortement opposé à son père, ce qui n'était jamais arrivé auparavant et ne s'est plus reproduit ensuite.

– Chacun de nous ne doit-il pas découvrir son chemin ? nous a-t-il dit. Alors, laissez Yokanaan découvrir le sien. Il sait que notre porte lui est ouverte, mais il sait également où est son devoir.

Devant l'obscurité de ses propos, j'ai voulu répondre, mais Yosef m'a fait un signe de la main, et je me suis tue.

De loin en loin, nous avons de ses nouvelles. Il a quitté votre maison. Après quelques errances, il s'est établi dans le désert, au monastère de Qumran. Là-bas, loin de tous, il suit les règles établies par celui qu'ils appellent le Maître de justice. J'en sais si peu sur eux qu'il me serait difficile de t'expliquer. Mais sois sans crainte, sa foi est solide et il ne se laissera pas entraîner sur de mauvais chemins.

Voici maintenant que Iacob nous surprend et nous annonce qu'il va prendre femme.

Et ma toute dernière rougit sous son foulard en apprenant qu'on vient de la demander en mariage.

Alors, c'est un grand chambardement dans la maison ! Nous allons avoir une grande fête et déjà nous devons penser aux préparatifs. Chacun dit son mot, donne son avis, et à nouveau notre maison se remplit de rires.

Me voici débordée, certes, car je veux, avant tout, que ce jour reste à jamais gravé dans la mémoire de chacun.

Débordée, mais tellement heureuse !

Aidée par quelques matrones, Esther prit en main la confection du repas. Ainsi Myriam put offrir son temps à la jeune promise qui allait quitter la maison.

Ce matin, elle l'a préparée et lui a fait les dernières recommandations que toute mère donne en un jour pareil. Puis, lorsqu'elle l'a vue enfin prête, son voile retenant ses longs cheveux noir de jais, les piécettes d'or scintillant sur son front, un trait de bleu rehaussant l'éclat de ses yeux, ses lèvres soulignées de rouge vif, elle a eu un instant de tristesse.

Avec le départ de ses deux enfants, c'était toute une partie de sa vie qui s'en allait. Mais son penchant naturel reprit aussitôt le dessus et, en embrassant sa fille, elle lui souhaita autant de bonheur qu'elle en avait connu elle-même.

Pendant la fête, elle fut attentive à chaque détail, désirant que ce jour reste à jamais gravé dans les mémoires des invités, de sa famille et, surtout, de ceux que la main du Tout-Puissant venait de réunir.

Ainsi les jeunes épousées s'avancèrent sous le dais de toile blanche, comme autrefois Myriam. Elles portaient une robe de lin fraîchement tissé. Accrochées aux foulards qui serraient leurs fronts, brillaient les pièces d'or de l'abondance. Et comme autrefois, un homme écrasa le fruit du grenadier tandis que de toutes jeunes filles recouvraient de pétales et de parfums les pas des promises.

Dans la cour de la modeste demeure, le vin coula à flots. Les douceurs et les sucreries, raisin au miel, pistaches confites, figues à la mandragore, succédèrent aux plats aromatisés de cumin, de coriandre, de muscade poivrée tandis que les chants et les danses enflammaient la nuit de leur lascive beauté.

Myriam avait été la première levée, elle fut la dernière debout. Malgré la fatigue, dès que les convives furent tous partis, lestement, elle grimpa l'échelle pour monter sur le toit plat de la maison, que l'on appelait chambre haute, car il faisait bon y dormir les nuits d'été avec le ciel pour seule couverture. L'hiver, les hommes s'y réunissaient pour parler, les enfants pour jouer, les femmes pour filer tant qu'un rayon de soleil réchauffait l'air.

Maintenant, les garçons l'avaient envahi pour y prendre un peu de repos. Ils dormaient, allongés sur les nattes, certains ayant encore les yeux grands ouverts sur le mystère des étoiles.

Myriam, doucement, enjamba les corps ensommeillés, reconnaissant au passage le ronflement de Iosé, la tignasse de Jude qui suçait encore son pouce bien qu'il fût, lui aussi, presque en âge de se marier.

« Il sera toujours le petit de la bande », pensa-t-elle en souriant. Puis elle s'approcha du muret de terre battue qui clôturait la terrasse. Un instant elle resta à contempler les toits du village, imaginant les habitants de chaque demeure, s'amusant à les citer par leur nom, à se rappeler un détail, un mot, quelque chose les caractérisant.

Mais le jeu ne la retint guère. Elle s'assit sur le rebord, s'enveloppa dans son voile.

L'étoile du Nord illuminait un quart du ciel. Un reflet métallique recouvrait l'horizon. Là-bas, derrière le mont Tabor, il ne restait de la nuit qu'un halo de lumière.

Dans une heure, deux au plus, il ferait jour.

Myriam à Yosef

Un autre jour, mon aimé, un autre jour ajouté aux milliers que nous avons partagés. Et ce jour nouveau sera un bonheur de plus, car il sera encore béni par l'Eternel.

Si longtemps, depuis ce premier instant où j'ai baissé les yeux devant toi ! Ai-je, à ce moment-là, accepté l'ordre de mon père, le choix du Tout-Puissant, ou tout simplement l'amour que tu faisais déjà naître en moi ? Après toute cette route parcourue ensemble, faut-il encore que je me pose la question ?

Des regrets ? Vit-on avec des regrets ? Non, mon ami, seulement quelques remords de ne pas avoir toujours été la femme parfaite qu'il te fallait, quelques pensées incertaines, le temps qui fuit, nos enfants qui s'en vont. N'est-ce pas ce que ressent une mère au lendemain des épousailles de sa fille ? Un oisillon quitte le nid. Elle ne l'a pas vue grandir, elle ne l'a pas entendue chanter, et déjà la colombe s'envole et une place reste vide à la table du soir.

Et chez nous, mon Yosef, deux places en même

temps. Demain viendra le tour de notre aîné, ou d'un autre. Et d'ici peu, il ne nous restera que l'attente de voir courir vers nous leurs propres enfants, et, bien qu'il n'y ait plus beaucoup de jeunesse dans le mouvement de nos bras tendus pour les accueillir, nous aurons le même élan que nous eûmes pour les nôtres.

Je divague, Yosef, je divague les yeux fermés sur notre passé, mais grands ouverts sur notre présent. Ièshoua' m'inquiète.

Tu sais mieux que moi combien son commentaire des textes sacrés est apprécié, non seulement dans notre synagogue, mais également dans toutes celles des environs. Il est demandé, et écouté. Et voici que lors du dernier Sabbat, ses propos m'ont grandement surprise.

Pourquoi ? Je ne saurais te dire. Mais plus que les phrases qu'il prononçait, je percevais qu'il y avait quelque chose d'indicible, une pensée intime qu'il n'exprimait pas.

A plusieurs reprises, lorsqu'il annonçait les paroles des prophètes, j'ai senti une hésitation dans sa voix, un mot arrêté sur ses lèvres. Il voulait dire, mais ne pouvait pas.

Et bien sûr, comme toujours, je me suis posé mille questions. Quel est ce doute qui le torture, quel est ce combat qu'il semble mener en secret ? Pourquoi cette incertitude, ce déchirement que je perçois entre ses pensées et ses propos ?

Ne m'en veux pas, mon époux adoré, si j'estime que ton enseignement l'a parfois mené vers des sentiers épineux. N'est-ce pas mon devoir de mère que de veiller au bonheur de ses enfants ?

Et notre aîné ne me semble pas connaître cette joie

qu'ont nos autres fils. Je me demande quelquefois s'il n'est pas tout orgueil, tant son regard, posé sur ceux qui l'entourent, a de hauteur. Hier, au mariage, il m'a paru absent. Son esprit était ailleurs et sa sœur m'en a gentiment dit un mot. S'ennuie-t-il au milieu de nous ?

Ô mon tendre, faut-il encore une fois que je me tourmente alors que nous sommes comblés depuis le jour même de notre rencontre ? Certes, nous avons aussi eu notre lot de malheur, mais le Tout-Puissant ne nous a-t-il pas permis de les surmonter ensemble ? N'a-t-il pas veillé sans cesse sur nous, enfants de Son Peuple élu ?

En ce lendemain de fête, tandis que nos jeunes tourtereaux s'envolent du nid pour affronter à leur tour la vie, je Lui demande de veiller sur eux, mais je Le prie surtout de veiller sur toi, mon aimé, car sans ta main pour me guider, je ne saurais plus comment parcourir le chemin qu'un pressentiment me montre difficile.

Anne quitta le village pour s'installer à quelques lieues de là dans la famille de son mari. Cette séparation fut pénible pour Myriam, mais elle s'était préparée depuis toujours au départ de ses enfants et, encore une fois, elle remercia le Seigneur de les lui avoir laissés si longtemps.

Iacob, lui, restait là, continuant d'apprendre avec son père, et déjà aussi habile que Ièshoua'. Il gardait encore un peu ses habitudes de garçon, traînant le soir dans la maison où il avait grandi. Sa jeune épousée ne s'en offusquait pas, tout au contraire, elle venait souvent le retrouver, ou bien elle arrivait avant qu'il ne se rende à la synagogue et cuisinait avec Esther. Ce n'est qu'à la nuit tombée que les jeunes mariés rentraient chez eux.

Esther se plaisait à la compagnie de sa toute jeune belle-sœur, et Myriam se rassasiait du bonheur d'avoir à nouveau une pleine maisonnée.

Et puis Iosé à son tour prit femme. Et cela fit jaser dans le pays car elle était de deux ans son aînée. Et riche d'une belle propriété de vignes et de terres à blé.

Mais Yosef et Myriam acceptèrent le choix de leur fils, et ils eurent raison, car sa future était en outre d'une grande sagesse.

A son tour, il partit habiter chez sa femme. Et Yosef leur offrit une belle charrue pour que leur première semence d'épousés soit bénie par le Tout-Puissant.

Après les noces, qui la tinrent éloignée de sa maison pendant une semaine, Myriam retrouva son petit jardin aux senteurs apaisantes.

Et demanda à nouveau au Seigneur de bénir les jeunes mariés, et de veiller sur son époux.

Myriam à Yosef

L'Eternel n'a pas entendu ma prière !

Ce matin, à l'heure où, d'ordinaire, tu te tournes dans la direction du Temple et, les mains ouvertes en signe d'acceptation, entonnes ta première oraison, ce matin, ton regard s'est seulement posé sur moi. Sans un mot, tes doigts se sont refermés sur les miens et une larme a coulé sur ta joue.

Tu étais calme, comme un homme prêt depuis longtemps. Tu étais calme, comme un homme assuré d'avoir accompli son devoir.

Tout était paisible dans la maison. Seule l'outre laissait tomber une goutte d'eau monotone sur la pierre. Mais aujourd'hui, elle n'éclatait pas de blancheur dans la pièce, elle marquait le temps en pénétrant dans mon cœur comme une aiguille dans la chair, car, à chaque goutte, ton souffle faiblissait.

Rien n'avait laissé prévoir ton soudain abattement. Rien, si ce n'est, depuis quelques jours, l'attention toute particulière que tu portais à chacun de nous, les conseils que tu nous prodiguais depuis peu avec force, les recommandations que tu faisais à Iacob sur la tenue de notre maisonnée et tes longs apartés avec Ièshoua'.

Ièshoua' ! N'est-ce pas à lui que tu devrais recommander notre demeure ? N'est-il pas l'aîné ?

Mais je suis là à te presser de questions alors que tu souffres. Ô mon ami, un jour de plus avec toi, un seul jour pour que je puisse te dire mon bonheur ! Oui, mon tendre, en ce moment où tu t'apprêtes à retourner dans le sein d'Abraham, étrangement, je ne suis pas accablée de douleur, car je porte en moi le souvenir de nos jours ensemble. Et ce souvenir me réjouit. Je sais que, ce soir, tu ne seras plus qu'un corps sans vie, je sais que cette nuit, de tes yeux clos à jamais, tu contempleras le royaume de l'Unique. Mais rien de tout cela ne m'effraie. Me suis-je inconsciemment préparée à te perdre un jour ? Pour moi, cela ne ressemble en rien à une fin, mais bien, au contraire, à un recommencement. Mon époux va retrouver notre Père. Voilà la seule phrase qui me vienne à l'esprit.

Tes doigts sont toujours agrippés aux miens et je perçois ton sang qui bat dans tes veines. Par moments, tu serres plus fort et, soulevant tes paupières, tu t'assures que je suis bien auprès de toi.

Ne crains rien, mon adoré, je ne bougerai pas jusqu'à l'instant suprême. Ainsi, de la même façon qu'autrefois nous avons traversé le désert, et de même qu'aux années passées sous le même toit, aux nuits sur la même couche, nous traverserons cette dernière épreuve en nous tenant par la main, sans autre mot que nos yeux pour communiquer, sans autre expression qu'un simple sourire chargé d'amour.

Car nous nous sommes aimés. Et à l'instant où le

Tout-Puissant t'ouvre la porte de Sa demeure, je veux que tu emportes cet amour avec toi. Non, mon adorable, je n'en aurai plus besoin. Je ne le renie pas, j'en suis heureuse. Il a rempli ma vie, mais uniquement parce qu'il remplissait la tienne. Toi absent, il ne me restera que mon amour pour Lui.

Et ainsi dans mes vieux jours, je pourrai être Sa servante, selon le vœu que j'en avais fait et que je n'ai jamais oublié.

Ta peau est sèche. Je demande que l'on me porte un peu d'huile pour assouplir tes bras, ton cou, ton front. Ièshoua' n'est pas encore venu te voir. Que fait-il ? Je sais que tu l'attends pour partir, et c'est peut-être la raison pour laquelle il retarde l'instant de votre ultime rencontre.

Mais il ne peut pas reculer l'heure choisie par le Créateur. Et maintenant j'entends son pas et la toile qui ferme la porte se soulève. Il entre dans la pièce. Il est livide. Son châle noué aux quatre angles et qu'il tient d'une main serrée lui donne un air de petit garçon perdu. Il est perdu, lui dont la parole résonne dans les synagogues, lui qui connaît le Livre d'un bout à l'autre. Il est perdu devant cette simple réalité de la mort.

Je le sais, je le sens. Je suis sa mère.

Il s'approche de toi et, le visage baigné de larmes, prend ta main et s'en couvre le front.

– Pardonne-moi, ô mon père sur terre, pardonne ton fils !

Par cette dernière force qu'ont ceux qui ne sont déjà plus parmi les vivants, tu te redresses.

Te voilà presque debout, toi moribond, te voilà

debout, et d'un geste ferme, tu bénis cet enfant venu te demander pardon.

Et tandis qu'il reste prostré devant toi, tu t'allonges à nouveau et, me prenant une dernière fois la main, tu me dis :

– Myriam, n'oublie pas, il est le fils qui nous fut promis.

Mais tu n'entends pas les mots qui viennent sur mes lèvres, tu ne vois plus la douleur qui m'habite.

Ton souffle s'éteint. Je ferme tes paupières et tu emportes notre amour dans ton sommeil.

La réputation du charpentier de Nazareth avait depuis longtemps dépassé les alentours du village et même ceux de la vallée. Les paysans, soucieux de leur terre et de leurs outils, remerciaient chaque jour le Seigneur de leur avoir donné un si bon ouvrier pour fabriquer leurs socs en bois de sycomore, leurs roues de charrette et tous les ustensiles utiles à leurs travaux.

L'annonce de sa mort se répandit si vite qu'en quelques heures une foule considérable se pressait dans la cour de la petite maison. On avait, comme le voulait la coutume, lavé le corps, puis on l'avait oint de myrrhe et d'aloès. Alors seulement, enroulé dans son linceul, le suaire lui recouvrant le visage jusqu'aux yeux à jamais fermés sur le bleu du ciel, on l'avait étendu sur un lit à lanières de la chambre haute.

Tard dans la nuit, ceux qui l'avaient côtoyé ou simplement connu de réputation vinrent lui rendre hommage. Et tôt le matin, à l'heure où, de coutume, il aimait se tourner en direction du Temple et chanter sa première prière, ils étaient là, pour l'accompagner dans son ultime voyage.

Myriam, s'appuyant sur le bras d'Esther, regarda une dernière fois celui qu'elle avait tant aimé, puis déchira son vêtement avant de s'enfermer dans la maison.

Alors les pleureuses se placèrent en tête du cortège et poussèrent les premiers cris, se jetant de la poussière au visage, se lamentant qu'un être si cher leur ait été dérobé par la mort, et lentement la procession se dirigea vers le creux de rocher dans lequel serait déposée la dépouille mortelle.

Debout, Ièshoua', entouré de ses frères et des hommes du pays, récita la prière Kaddish :

– Que soient reçues les prières et les supplications de tous ceux d'Israël devant leur Père qui est au ciel.

Après quoi, les hommes fermèrent la sépulture en amassant des pierres devant l'entrée. Puis ils se rendirent à la synagogue.

Ièshoua' s'arrêta devant la place vide. Il y eut un grand silence. Un homme s'approcha et lui dit :

– Tu ne seras plus désormais appelé le fils du charpentier, mais le charpentier.

Et ainsi fut fait.

Myriam à Yosef

Ce matin, alors que je m'installais pour filer un panier de lin, Esther m'a prise par la main et, avec une grande douceur, m'a entraînée vers le jardin.

Le ciel avait la pureté des jours de printemps, un bleu à la fois limpide et cru, comme s'il n'était qu'une immense peinture au-dessus de nos têtes, tandis que l'air, encore imprégné des parfums froids et solitaires de la nuit, attendait d'être réchauffé par un premier rayon de soleil.

Nous avons marché d'un pas tranquille, admirant en silence l'œuvre que l'Éternel a la bonté de mettre chaque jour sous nos yeux.

Je trouvais mon petit jardin foisonnant de couleurs. J'en ai toujours, tu le sais, pris un soin jaloux, entremêlant les rangées de légumes et les plantes à fleurs dont j'aimais à parer notre maison en toute occasion.

Mais depuis ton départ, mon aimé à l'absence si lourde, depuis ton départ je ne m'en souciais plus beaucoup, prolongeant au-delà du raisonnable le temps de mon deuil car mes jours étaient devenus aussi sombres que mes nuits, et rien ne semblait pouvoir me distraire de mon chagrin.

Et voici qu'Esther me ramène dans ce lieu où nous avons connu tant d'instants bénis, où nous avons, plus que partout ailleurs, partagé le repos du jour divin, le bonheur de voir grandir nos enfants, cette belle semence de notre vie.

Pendant que je revoyais ces images encore si fraîches à ma mémoire, Esther alla cueillir un fruit, une belle pomme qu'elle fit briller sur son tablier avant de me la tendre.

– Mère, me dit-elle, ainsi est le fruit de l'arbre qu'il faut un jour le cueillir, sinon il pourrit et ne sert à rien. Et si, une fois cueilli, personne ne le mange, alors l'arbre et le fruit sont devenus inutiles. Et ainsi est la vie, perdue pour ceux qui n'en font rien.

– Ma vie ne tenait qu'à un fil, mon enfant, ai-je répondu, et ce fil n'est plus.

– Mère, reprit-elle, ta douleur est grande, mais tes enfants ont besoin de toi, et les enfants de tes enfants après eux. Et que dirait père s'il te voyait ainsi, négligeant ton devoir, lui qui comptait sur toi en toute chose ? Et ne dois-tu pas à l'Eternel que tu remercies sans cesse, ne Lui dois-tu pas d'être Sa servante jusqu'à ce qu'Il t'appelle ? Regarde autour de toi, les femmes ne viennent plus dans ta cour, ton jardin se meurt, tes yeux sont vides d'espoir.

J'ai entendu ce qu'elle me disait, et j'ai regardé mon jardin. J'ai compris que ton vœu serait de le voir refleurir à chaque nouvelle saison.

Alors j'ai croqué la pomme qu'Esther me tendait, et la sève de vie a coulé sur mes lèvres desséchées.

Ièshoua' ne changea rien aux habitudes de l'atelier. Chacun conserva sa place, seul l'établi de Yosef restait inoccupé en attendant le jour où son *békor* déciderait d'en prendre possession.

Il semblait bien qu'il ne mettrait aucune hâte à s'installer à la place de son père, et même, dans la famille dont il était maintenant le chef, il laissait volontiers sa mère et sa sœur décider du quotidien, ce qui surprenait grandement.

– Un homme doit tenir son rang, qui est de commander, murmurait-on alentour.

Mais lui ne s'en souciait guère, continuant son labeur, enseignant à Iacob ce qu'il ne savait pas encore faire, occupant à la synagogue la place qui lui revenait.

Le soir, il montait à la chambre haute et là, contemplait l'horizon.

Myriam avait repris ses travaux et redoublait même d'énergie. Son temps de deuil terminé, elle avait visité les femmes du village, et à nouveau la petite cour grouillait de monde.

Puis Anne, qui était enceinte, lui fit savoir que son temps était venu. Aussitôt, elle confia sa maison à

Esther, prit la route pour se rendre auprès de sa fille et l'assister dans ses douleurs.

Ainsi elle fut présente lorsque naquit son premier petit-fils, auquel on donna le nom de Yosef, en souvenir de son grand-père.

Mais à peine l'enfant circoncis, Myriam dut revenir à Nazareth, car sa bru, à son tour, approchait de son terme. Et ici naquit une fille, chagrin de son père, mais joie des femmes de la maisonnée.

Dans tout ce remue-ménage, Myriam retrouva ses forces d'autrefois, même si le soir, épuisée par sa rude journée, elle sommeillait parfois devant son fil de laine.

Myriam à Yosef

Trois ans, mon ami, trois ans déjà que tu nous a quittés. Aurais-je pensé pouvoir vivre sans toi un seul instant ? Et pourtant, bien que je n'aie rien oublié de toi, les jours, les mois ont défilé comme des heures.

Mais sache, mon ami, que si mes peines ne sont plus les tiennes, mes joies nous réunissent toujours.

Et nous en avons connu deux à la fois, mon aimé, deux vies nouvelles offertes par le Seigneur. Deux petits-enfants, mon Yosef, nés à quelques jours d'intervalle et, bien qu'ils ne me fussent pas destinés entièrement, mon sein de mère a retrouvé son souffle d'autrefois pour les accueillir. Il n'est de jeunesse que celle du cœur, mon regretté, et c'est encore à toi que je pense lorsque je m'occupe de ces agnelets qui sont aussi les tiens.

Anne est éloignée, mais je la visite d'une semaine à l'autre, car mon impatience de voir grandir notre petit-fils n'en supporterait pas davantage. Et ainsi, pendant quelques jours, je suis tout à lui. Il a tes yeux, Yosef, profonds et sereins, ce qui parfois me trouble.

Comme je m'en ouvrais à notre fille, elle me dit que souvent, lorsqu'il balbutie, elle a le sentiment que c'est toi qui lui parles.

Mais n'est-ce pas l'Eternel qui nous a fait lui donner ton nom ?

Il a fait hier ses premiers pas – sans aller bien loin, il est vrai – et la joie qui se lisait sur son visage était un baume sur nos cœurs. Il est resté un instant debout, vacillant légèrement, frappant ses mains l'une contre l'autre, puis soudain il est tombé assis sur le sol et, au lieu de pleurer, il s'est mis à rire.

Et c'est nous, sa mère, sa grand-mère, qui avons versé une larme de bonheur.

Et puis, ce matin, je suis revenue chez nous et j'ai retrouvé notre Esther qui maintenant délaisse la maison pour ne s'occuper que de sa nièce, tant elle est folle d'amour pour cette enfant. Et il m'a fallu presque gronder pour qu'elle me la laisse chérir un peu avant de la rendre à sa mère.

Et bien sûr, Ièshoua' est tout aussi comblé que nous car il ne se lasse jamais de jouer avec eux chaque fois qu'il le peut. N'a-t-il pas fait l'aller et retour jusque chez sa sœur en une journée de marche, sous le prétexte de visiter un chantier, mais, j'en suis certaine, pour le seul plaisir de porter à son neveu un jouet qu'il venait de confectionner ?

Et d'ailleurs, sa première question à mon retour ne fut-elle pas de me demander s'il s'amusait avec.

Les hommes sont toujours secrets sur leurs sentiments, mais une femme n'a pas besoin de mots pour les découvrir.

Voilà ce qu'est ma vie, mon tendre aimé, depuis que tu n'es plus à mon côté. Calme, et toute dévouée à ces enfants qui sont la chair de notre chair, et les sourires de nos lendemains.

Je voudrais bien n'avoir d'autres occupations que celles-là, mais il se passe trop de choses importantes autour de nous pour que je puisse rester indifférente.

Un autre soulèvement, une autre guerre ? Je ne pense pas, car notre peuple a déjà bien trop souffert pour vouloir se lancer dans pareille folie, mais un mot est sur toutes les lèvres, dans tous les esprits, au fond de chaque cœur.

Espoir !

Car un homme s'est levé et parle dans le désert.

Et cet homme, c'est notre Yokanaan !

Au-delà de la barrière qui enserre le Jourdain entre ses rives abruptes, un homme s'est dressé. Et une multitude se rassemble autour de lui. Femmes de tous les âges, infirmes, vieillards, jeunes garçons pubères, enfants marchant à peine, paysans ayant abandonné leurs champs, artisans sans outils, riches veuves dénudées de leurs bijoux, et encore une autre multitude faite de tout ce que la terre peut produire de crainte et d'incertitude.

Mais pourquoi parcourent-ils tant de lieues à travers le désert, à travers les monts, pour venir ici, sur ce bord de rivière ? Parce qu'ici, un prophète parle ? N'ont-ils pas de prophètes à leurs portes ? Et pourquoi cet homme déplace-t-il les foules, alors qu'il n'a encore fait aucun miracle, aucune promesse ?

Ils attendent, en ligne, les mains jointes dans une silencieuse prière, ils attendent leur tour. Lui, prend l'eau du fleuve dans le creux de ses mains, la verse sur eux, et par ce baptême, ils sont lavés de leurs péchés.

Ils attendent, et lui, vêtu d'un simple pagne de peau, continue de baptiser et de prêcher.

Et son nom traverse montagnes et plaines comme

un souffle d'espoir. Et tous frémissent d'impatience car le bruit se répand qu'il est le prophète Elie revenu sur terre pour annoncer la venue de celui que tous espèrent.

L'envoyé de l'Eternel, le Sauveur, le Messie !

Myriam à Elishèba

Qu'il vienne, mon aimée, Celui que nous attendons tous ! Qu'il vienne libérer la Terre de nos ancêtres, l'esclave de son maître, la femme de sa prison !

Qu'il vienne rappeler que toute vie est sacrée, que nul autre que l'Unique ne peut la reprendre !

Et qu'il ne soit pas seulement un autre roi sur son trône, loin de la misère de son peuple, mais qu'il entende les paroles de sagesse !

Je suis bouleversée, Elishèba, car une femme vient de mourir, une femme comme toi et moi, épouse, mère et servante. Il a suffi d'un égarement, d'un instant de faiblesse, de désespoir peut-être, pour que sa vie lui soit enlevée.

C'était il y a trois jours. Il était déjà tard lorsque d'horribles cris nous ont fait sortir dans la rue. Malgré la nuit, il nous fut facile de reconnaître une voisine que son mari injuriait et frappait tandis que la pauvre femme se débattait en hurlant.

Ièshoua' et Iacob s'interposèrent aussitôt, retenant le bras de l'homme dont la colère décuplait la force.

La jeune femme se réfugia alors dans notre cour mais, prestement, et avant même que nous ayons pu la secourir, elle s'enfuit par l'échelle qui gagne la chambre haute et par là, les autres toitures alentour.

Bien que je ne l'aie vue qu'un bref instant, j'ai été bouleversée par la terreur qui se lisait sur son visage déjà tuméfié.

– Qu'en est-il de cette femme, demandai-je, qu'a-t-elle fait pour être ainsi traitée ?

– Est-il besoin de demander ? me répondit Esther. Ma mère, cette femme a commis le péché de la chair et si son mari la retrouve, elle sera lapidée.

J'ai vu alors cette terrible image d'une femme à genoux, sa chair éclatée par les pierres jetées sur elle, et ses mains tendues implorant le pardon.

Quelle barbarie ! Jamais je n'ai été confrontée à pareil cauchemar. Et le doute m'a envahie car il n'était pas possible, en mon esprit, que le Tout-Puissant laisse ainsi assassiner une de ses brebis. Elle avait péché, certes, elle avait cédé à la tentation de la chair pour un autre homme que son époux, mais cela justifiait-il pareille punition ? Est-elle seule à blâmer ? Où est celui qui l'a séduite ? Ne mérite-t-il pas punition au même titre que la pécheresse ?

Esther, comprenant sans aucun doute le débat de mon cœur, s'est approchée de moi.

– Mère, calme-toi, me dit-elle en me prenant contre elle, calme-toi. Il n'est rien que nous puissions faire, car ainsi est notre condition de femme ! Mais est-ce bien là le dessein de Dieu ?

Que répondre ? Qu'Il est miséricordieux ? Que nous sommes tous ses enfants, que nous avons tous droit à Son amour, Sa justice, Sa clémence ?

Devant mon silence torturé, elle acheva sa pensée, et je compris quel doute terrible l'habitait, elle aussi.

– A moins, me dit-elle, à moins qu'Il nous ait simplement oubliés !

Mes fils reviennent de la synagogue et nous confirment ce que nous savions déjà. Et tandis que Iacob prend sa femme et sa fille pour rentrer dans leur maison, Ièshoua' monte sur la chambre haute, bientôt rejoint par Esther.

Et lorsqu'ils en redescendent, un long moment après, une grande douleur peut se lire dans les yeux de mon *bêkor*. Et des larmes perlent dans ceux de ma fille. Elle m'embrasse. Et elle me dit encore :

– Combien sont-elles qui se croient abandonnées, qui ne sentent plus Sa main pour les guider et cèdent au plaisir de la chair ? Mais le temps viendra, ma mère, où elles entendront à nouveau Sa voix. Car il est en route, celui qui leur rendra leur dignité. En attendant, ouvrons nos maisons à ces femmes perdues, afin de préparer leur cœur à recevoir Sa parole.

Alors Ièshoua' est venu vers moi et m'a posé un baiser sur le front. Il a fait un pas vers la porte, mais sur le seuil, il s'est retourné, me traversant de cet étrange regard que tu lui connais.

– En attendant, a-t-il ajouté, en attendant !

Puis il est sorti, me laissant intriguée par ses dernières paroles.

Ce matin, on a retrouvé le corps de la jeune femme au fond d'une ravine. Parce qu'elle a choisi sa propre fin, on la salit encore, on la dit maudite, rejetée par le Tout-Puissant.

Et voici pourquoi, ma tendre, je te dis ce drame qui m'a déchiré le cœur.

Parce qu'elle est annoncée, la venue du Sauveur ! Elle est annoncée par un homme qui prêche sur les bords du Jourdain. On dit qu'il est Elie, le prophète revenu des morts pour porter la nouvelle.

Et cet homme, comblée de grâce, c'est ton fils, ton Yokanaan ! Et pour lui, pour nous, je m'adresse à l'Eternel.

Ne déçois pas Ton peuple, Yavèh Elôhim, ne lui envoie pas un nouveau prophète, un nouvel espoir si ce n'est pas pour annoncer Ton règne ! Ne lui laisse pas croire qu'Elie est ressuscité s'il ne l'est pas !

Fasse que Yokanaan soit bien celui qui ouvre la voie ! Fasse que nos yeux voient enfin l'Oint du Seigneur !

Ièshoua' rangea la pièce de bois qu'il venait de raboter avec celles déjà faites. Il lui faudrait encore la percer pour placer les tenons qui relieraient l'ensemble, mais Iacob pourrait très bien s'en charger, si toutefois...

D'une main distraite, il balaya les copeaux qui encombraient l'établi. Si toutefois, se répéta-t-il, si toutefois demain il n'était plus ici !

Les premières années après la mort de son père, il s'était consacré à l'atelier. Puis, petit à petit, il avait repris ses lectures dans les synagogues, parcourant le pays, portant la parole, reprit ses lectures, commentant le texte. Et les gens se pressaient de plus en plus nombreux pour l'entendre.

Myriam était heureuse de voir son fils être appelé rabbi. Parfois elle le suivait lorsque le voyage n'était pas trop long, ou qu'elle avait une parente dans le village où il se rendait. Elle aimait écouter sa voix, sobre et enjôleuse à la fois. Il avait toujours un mot pour faire rire son public. Il avait toujours une caresse pour un enfant, un sourire pour un malade.

Mais depuis que Yokanaan prêchait sur les rives du Jourdain, il semblait contrarié.

Myriam en avait parlé à Esther. Celle-ci n'avait pas voulu inquiéter sa mère et lui avait répondu que tout allait bien.

Et maintenant, voilà qu'Anne, son mari et son fils sont attendus. Myriam se réjouit à l'idée de revoir son petit-fils, et toute la maison est en effervescence. Elle a fait des bouquets de fleurs et d'herbes odorantes ; Esther et sa belle-sœur ont préparé un repas de fête, car ce soir seront réunis les enfants de Yosef.

Au fond de l'atelier, Iacob rassemble dans un sac de toile de petits éclats de bois dont il se servira pour alimenter le feu. Ièshoua', à l'aide d'une gouge fine et acérée, sculpte la tête d'un petit cheval. Son travail terminé, il range les outils dans leur caisse, puis se dirige vers le bassin pour faire ses ablutions.

Mais à peine est-il dans la cour que la porte donnant sur la rue s'ouvre et un petit garçon aux cheveux bouclés, les yeux taillés en amande, les mains jouant avec le vide de l'air apparaît dans l'encadrement. Sans lui laisser le temps de se sécher le visage, il se précipite vers Ièshoua' et se jette dans ses bras. Et Ièshoua' le saisit au vol et lui donne des baisers dans le cou, le chatouillant de sa barbe, ce qui fait rire l'enfant jusqu'à l'étouffement.

Anne, grosse de plusieurs mois, entre à son tour et salue rapidement son frère, hochant la tête d'amusement en le voyant jouer ainsi.

– As-tu embrassé ta grand-mère ? demande-t-elle à son fils.

Mais le bambin, que Ièshoua' a reposé, s'accroche

au manteau de son oncle, un sourire dans le regard. Il attend, et comme rien ne vient, il se hasarde à réclamer.

– Tu ne m'as pas fait un jouet ?

Alors, le charpentier sourit à son tour.

– Peut-être, répond-il.

Puis il soulève à nouveau l'enfant et le porte dans l'atelier. Là, il s'approche d'une étagère et lui fait tendre la main. L'enfant cherche, et chaque fois qu'il touche l'objet, Ièshoua' recule d'un pas, et ce sont encore des rires et des cris. Enfin, il attrape le jouet et n'en croit pas ses yeux. C'est une petite charrette, complète avec ses ridelles et son cheval de bois.

Il embrasse Ièshoua' sur la joue.

– Je vais te dire un secret, lui murmure-t-il à l'oreille. Mais tu le répètes pas, promis ?

– Promis, répond Ièshoua'.

– Demain on s'en va. Avec mon papa, on va voir un cousin qui te met de l'eau sur la tête et tu as plus de péchés.

Et il s'enfuit vers la maison en poussant de nouveaux cris, tenant son jouet à bout de bras.

Ièshoua' resta pensif un instant. Il regarda l'établi de son père, les rabots alignés, la pile de bois dans un coin. Il respira fort, comme si le souffle lui manquait et, soudain, il tapa d'un poing ferme sur son banc et sortit dans la cour.

De la maison s'échappaient des rires. Sous l'avancée du toit, dans son pot de terre posé à même la braise, un bouillon de légumes mijotait en parfumant l'air de ses épices. Il faisait doux. Un soir de printemps. Avec des étoiles par milliers dans le noir pur du ciel.

Il revint vers le bassin, prit un peu d'eau dans le creux de ses mains et se rafraîchit le visage, laissant à plaisir glisser des gouttes dans sa barbe.

Mais celles qui coulaient de ses yeux ne venaient pas toutes de l'eau de la fontaine.

Myriam à Yosef

Plus que tout, je t'aurais voulu près de moi, pour que tu voies les fruits de ton arbre réunis dans ta maison. Anne et Esther, Iacob et Iosé, Ièshoua' et Jude, et notre gendre et nos brus, et nos petits-enfants, ils étaient tous là, et nul n'ignorait combien tu étais présent parmi nous.

Notre repas fut joyeux, comme celui de grandes retrouvailles, et nos filles m'interdirent de cuisiner, de servir, ne voulant pour moi qu'une place de grand-mère auprès de leurs enfants. Et mes fils m'ont gardée à la table, auprès d'eux, et ils ont parlé tard dans la nuit. Je les ai écoutés et j'étais fière pour toi, mon Yosef, car leurs paroles étaient belles à entendre.

Ils ont parlé de la terre, du travail, d'Hérode Antipas et de l'occupant. Ils ont parlé du Livre, des semailles, du temps.

Et puis ils ont parlé des derniers commentaires de Ièshoua' dans les synagogues de nos villages et ont dit leur bonheur de le savoir écouté.

Ils ont aussi parlé de Yokanaan. A l'énoncé de ce

nom, mon regard s'est posé sur notre aîné. Il ne bougeait pas. Seul un imperceptible tremblement l'agitait. La conversation a continué tandis que, lentement, il quittait la table et se dirigeait vers l'échelle qui monte à la terrasse.

J'ai voulu me lever, mais la main d'Esther sur mon épaule m'a retenue assise. Ainsi elle avait vu, comme moi, le trouble de son frère. Que savait-elle de lui que je ne savais pas ? Qu'en était-il de leurs longs moments de silence, de leurs mots partagés ? Et ces propos qu'elle m'a tenus sur notre condition de femme, sur la venue du Messie, sont-ils siens ou bien lui viennent-ils de son frère ?

Soudain, j'ai compris que notre fils allait partir, qu'il ne passerait pas sa vie dans ton atelier, qu'il ne serait plus pour longtemps le charpentier de Nazareth.

Quand ? Comment ? Pour quel destin ? Je n'en savais rien, mais il n'est déjà plus ici.

Alors, qu'est-ce qui l'empêche de s'en aller ? Qu'est-ce qui le retient ? L'atelier ? Mais il y a Iacob, maintenant capable de mener le travail. La famille ? Anne vit loin de nous, Iosé est marié, Jude ne va pas tarder à s'établir. Il reste Esther, qui se suffit très bien, et moi, sa mère.

Moi, seulement moi, qu'il ne veut peut-être pas abandonner à son sort de vieille femme.

Non, cela ne se peut. On ne reste pas sourd à l'appel du Seigneur à cause d'une mère vieillissante ! Si tel est son destin, il doit le suivre !

Le cœur gonflé d'émotion, je suis sortie pour aller jusqu'à mon jardin. Et là, seule face à l'immensité de la nuit, à l'immensité du ciel, j'ai enfin pu trouver les mots qui m'étouffaient et que j'aurais voulu lui dire.

Va, Ièshoua' ! Va, mon fils ! Sers la gloire du Très-Haut, et ainsi ta mère sera bénie en ses vieux jours. Marche sur la route qui mène au Royaume, marche et ne te retourne pas car le chemin parcouru n'est rien en comparaison de celui qui est devant toi.

Va ! mon *békor* ! Que, par ta parole, se réunissent les frères ennemis, se rassemblent les tribus dispersées, que soit honoré le nom de ton père !

Puis j'ai regagné notre demeure et j'ai attendu que le jour se lève.

Quand Anne, son mari et leur fils ont pris la route de Ièrusalem, je les ai regardés partir en sachant qu'ils seraient bientôt de retour.

Et lorsque, ce matin, Ièshoua' a serré mes mains dans les siennes et les a longuement embrassées, j'ai su que son tour était venu.

Mais que lui ne reviendrait pas.

Chapitre 6

Il avance d'un pas alerte, se remplissant les yeux de toute la fraîcheur des bois, des prés et des vignes, comme un enfant jouant sur le chemin, comme un homme s'en allant semer sa prochaine récolte, un pêcheur jetant son filet à la mer.

Il y a de la vigueur dans son pas. Il y a de la liberté dans son allure, de la beauté dans son regard.

Il n'oublie rien de ce qu'il voit, de ce qu'il respire. Chaque fleur lui est une chanson, chaque oiseau lui est une pensée, chaque chemin un espoir, chaque nuage un rêve fou.

Il avance ainsi, un jour, deux jours, trois jours, saluant gaiement ceux qu'il croise, riant d'une colline, souriant d'un vallon, dormant sur l'herbe, croquant un fruit.

Il avance encore et laisse derrière lui la Galilée. Il traverse sans crainte la terre de Samarie peuplée d'hérétiques. Il est maintenant en Judée, où se dresse la cité de David, mais au lieu de se diriger vers la Ville éternelle, il change son pas et se tourne vers la riche Jéricho, oasis des reines et des rois. Et là encore, alors qu'il approche des premiers palmiers dattiers, il se détourne soudain pour descendre vers le *Ghor*.

Mais dans son vagabondage, il n'y a en vérité qu'une seule ligne. Droite.

Et elle mène jusqu'à Beth-Araba, ce lieu au bord du Jourdain par lequel les tribus d'Israël, conduites par Moïse, arrivèrent à la Terre promise.

Car c'est là, de l'autre côté du fleuve, en pays de Pyrée, qu'un prophète baptise ceux qui viennent à lui.

Et c'est ici qu'il arrive après cinq jours de marche. C'est ici qu'il arrive à l'instant où un groupe de quelques dizaines de personnes se réveille après une courte nuit sous les étoiles. Le jour précédent, les paroles du prophète les avaient tenues en haleine jusqu'à ce que le ciel s'obscurcisse et qu'il soit trop tard pour se remettre en route vers un village proche.

Mais avaient-elles eu envie de partir ? Non, certes, car le prophète annonçait la venue des temps nouveaux, la venue de celui qui libérerait la Terre promise, l'envoyé de Dieu.

Alors, ils étaient restés là, accrochés à ce lopin de terre verdoyant.

Et maintenant, Yokanaan se lève, et le murmure qui précède chacune de ses apparitions s'amplifie.

Le voici, le voici, il va parler !

Mais il ne parle pas. Encore enroulé dans le manteau qui lui sert de couverture, il scrute l'immensité du désert. Que cherche-t-il ? Les soldats de Rome qui le pourchassent, les sbires du Temple venus lui ordonner de se taire ? Ou tout simplement un nuage de sable annonçant une tempête ?

Mais il reste muet et s'approche de la rivière, seulement vêtu d'un pagne de peau. Il s'avance dans l'eau, les bras tendus vers le ciel, la tête rejetée en arrière, sa longue chevelure coulant sur ses épaules brûlées par le soleil.

A sa suite, une vieille femme en tête, la file des pèlerins fend le courant de l'oued.

Il prend de l'eau dans le creux de ses mains et la laisse tomber sur le front ridé, et il dit :

– Qu'il en soit ainsi au nom du Père.

Et soudain ses mains restent figées dans l'air. Et son visage s'illumine parce que, devant lui, se tient celui dont il ouvre le chemin !

Ièshoua' ben Yosef !

Myriam à Elishèba

C'est toujours un chagrin pour une mère que de voir l'un de ses enfants quitter la maison. Mais lorsque, depuis le pas de la porte où je me tenais, j'ai vu Ièshoua' s'éloigner, un sentiment de peur m'a envahie.

A peine avait-il disparu au bout de la rue, que j'ai couru vers le promontoire qui domine la vallée. Je voulais le voir, mon aimée, encore le voir.

Il descendait, d'un pas ferme, à travers les oliveraies. Un long moment, j'ai pu le suivre ainsi, se faufilant entre les clairs et les obscurs de ce jour naissant, jusqu'à ce qu'un éclat de soleil l'enlève à mon regard.

Oui, mon Elishèba, j'ai vécu les départs de mes autres enfants, j'ai fini par accepter des absences – la tienne, et celle de mon Yosef – mais, pour la première fois, je me suis trouvée désemparée.

Il n'y avait pas de larmes dans mes yeux, pas de tristesse dans mon esprit, de douleur dans mon cœur. Simplement un vide que rien, semblait-il, ne remplirait jamais.

Esther et Jude, et Iacob avec sa femme, se doutant

certainement de mon émoi, m'attendaient pour me réconforter. Mais il n'y avait pas de mots, pas d'attentions qui puissent combler ce trou immense.

J'ai repris ma vie, accomplissant les gestes sans cesse répétés au fil des ans, recevant les femmes dans ma cour, appliquant un baume pour soigner la blessure d'un enfant, conseillant un mariage, rendant les menus services qui soulagent les maux de ceux qui nous entourent.

Cela m'occupait, mais ne me remplissait pas. Heureusement, ma petite-fille m'apportait chaque jour ce brin de fraîcheur sans lequel toute respiration est impossible.

Et puis les nouvelles arrivèrent. Et tout mon être se réveilla, comme si, pendant toute cette période, je m'étais assoupie pour un court repos. L'un me dit l'avoir rencontré à Ièrusalem, l'autre aux abords du *Ghor*, et un autre encore à Beth-Araba. Et voici que l'on me raconte.

Il s'approche de la rivière et prend sa place parmi les fidèles. Alors, Yokanaan lève ses mains et lui verse de l'eau sur le front. Puis ils se donnent le baiser de paix. Et Yokanaan l'appelle « agneau de Dieu ».

Et cela m'effraie. Cela m'effraie car je me souviens de cette parabole dans laquelle un agneau est mené à l'abattoir sans ouvrir la bouche. N'est-ce pas là une terrible prophétie de la part de Yokanaan que de recevoir Ièshoua' avec ces mots ?

Mais peut-être qu'encore une fois mon cœur de mère s'inquiète là où il n'y a qu'un témoignage d'affection entre deux cousins depuis longtemps séparés.

Elishèba, nos fils se sont retrouvés ! Quel bonheur, pour nous leurs mères, de les savoir marchant sur la même route, portant la même parole !

Yokanaan reste sur le bord du Jourdain, mais mon *békor*, lui, prêche sur les routes de Galilée et ce soir il sera à Nazareth !

Ainsi je vais le revoir, mon enfant, et cette fois je lui dirai ces mots que je n'ai pas su autrefois prononcer.

Et nous nous sommes réunis, mes fils, mes filles, mon gendre et mes brus pour le recevoir. Nous sommes là, dans notre petite synagogue, parmi la foule qui se presse pour écouter ses commentaires.

Voilà qu'il arrive, prend le rouleau du Livre et lit un passage du prophète Isaïe.

– « Il vient, Celui qui annoncera la bonne nouvelle aux pauvres. »

Sa voix pénètre l'âme et l'élève. Ses mots sont emplis de force. Tous écoutent, tous se demandent également s'il va, comme Yokanaan, professer la venue du Messie.

– « L'Esprit du Seigneur m'a envoyé proclamer aux captifs : libération ! Aux aveugles : illumination ! »

Il parle, et tous sont suspendus à ses lèvres. Il remue nos cœurs, soutient nos espoirs. Enfin, il termine sa lecture, roule le Livre qu'il rend au *hazzan* et commence son sermon :

– En vérité, on vous a dit, mais moi, je vous dis...

Et sa parole, alors, devient scandale. Les pupilles se dilatent, les têtes se tournent.

Qui est-il, ce Ièshoua' qui ose dire « moi », qui ose dire « je » ? Qui est-il pour parler pareillement ? Se prend-il pour un docteur de la Loi ? N'est-il pas seulement le fils de Yosef le charpentier et de Myriam que voici entourée de ses autres enfants ? Ne sait-il pas que l'on doit toujours se référer à un prophète ? « Isaïe ou Jod ou Zakari disent que... »

La colère serre les mâchoires, envahit les esprits. Les hommes se lèvent de leurs bancs et quittent la salle sans un regard pour mes fils. Ils ordonnent aux femmes de leur maisonnée de les suivre. Et elles obéissent, remontent leurs voiles pour ne pas avoir à me saluer.

Mes fils se lèvent à leur tour, et sortent de même, emmenant mes filles, mes brus avec eux.

Ièshoua', maintenant seul à la Tebah, comprend qu'il n'y a plus un mot, plus une phrase qui seront entendus.

Alors, il prend son sac et se dirige vers la porte de la synagogue. En passant devant moi, il pose son regard dans le mien et me sourit simplement.

– Nul n'est prophète en son pays, ma mère, et encore moins dans sa famille.

Puis il sort dans la lumière du jour qui se meurt, et s'en va sans se retourner.

Je reste désemparée, seule dans le carré des femmes. Terriblement seule.

Soudain une lumière éclate autour de moi. La même qui, il y a trente ans, m'annonça le choix fait par le Tout-Puissant. Elle éclate autour de moi et se propage à l'infini.

Mais aucune voix ne me parle. Rien. Il n'y a qu'un silence pesant comme la mort.

Un homme marche sur la route de Kfar-Naüm. Il marche d'un pas rapide, sans manifester le moindre essoufflement ni la moindre fatigue. Comme l'homme qui marchait il y a trois mois en direction de Beth-Araba.

Celui qui descendait vers le fleuve portait encore sur son visage le sourire d'un enfant. Celui qui marche vers Kfar-Naüm a le sérieux d'un adulte. Et pourtant, c'est bien le même homme. Mais entre les deux, il y a eu le désert et Nazareth. Il y a eu la tentation et le rejet.

Il marche, le regard fixé au loin sur un point que lui seul aperçoit. Un point perdu entre ciel et terre.

Et sur ses pas, il y a déjà Shimon, Andréas, Iôanan et quelques autres qui veulent savoir.

– Es-tu le Messie ? Es-tu celui que nous attendons ?

Mais il ne répond pas. Il avance vers Kfar-Naüm, puis il ira à Corozaïn, à Beth-Saïda, à Magdala, tout autour de la mer de Galilée, car là se trouvent les pêcheurs dont il fait des pêcheurs d'hommes.

– Es-tu celui que nous attendons ?

Il ne répond pas. Il dit seulement que le Dieu que

nous prions ne demande pas qu'on lui sacrifie des animaux, ne demande pas qu'on lui bâtisse une maison de marbre, ne demande pas d'être servi par des prêtres baignant dans l'encens et l'or.

– Es-tu le Messie ? demandent-ils encore.

Il dit simplement que ce Dieu est amour et pardon, et qu'il a pour seule maison le cœur de chacun de nous.

Et ils continuent de parcourir la terre de Galilée, d'une ville à l'autre, d'une synagogue à l'autre. Ainsi ils arrivent à Kana, où se célèbrent les épousailles d'une toute jeune fille.

Et là ils s'arrêtent, car Ièshoua' est invité à la fête. Comme le sont ses frères et sœurs. Comme l'est Myriam, sa mère.

Myriam à Yosef

Qui est-il, Yosef, qui est-il cet enfant qui nous fut offert ? Qu'as-tu appris que je n'aie pas su ?

– Bénie sois-tu, m'a dit ce matin une femme de Nazareth. Bénie sois-tu, Myriam, pour l'avoir enfanté. Lui, au moins, ne nous noie pas dans des eaux sombres. Lorsqu'il ouvre la bouche, ce sont des paroles de bon sens qui coulent de ses lèvres. Quand reviendra-t-il ici ?

Et une autre :

– Ainsi il parcourt la Galilée, et nous savons que, partout où il passe, les gens se rassemblent. Qui est-il, Myriam ? Est-il un rabbi comme les autres, ou bien est-il prophète ? Et s'il est prophète, pourquoi n'a-t-il pas encore fait de miracles ? Dis-nous, toi, sa mère.

Mais je me tais, parce que je ne sais pas qui est ce fils ! Mon fils !

Je ne l'ai pas revu depuis son commentaire des textes qui fut jugé scandaleux. Bien qu'ils ne m'en disent rien, ses frères semblent encore contrariés par ses propos. Je me suis gardée de soulever une discussion sur ce sujet, cela n'aurait fait qu'envenimer la chose.

Hier, une parente m'a invitée aux noces de sa fille, et il sera là, je le sais. Alors je me prépare pour le voyage, et je ne peux cacher mon bonheur de le retrouver.

Et voici que Iacob souhaite que je ne m'y rende pas.

– Mère, me dit-il, ma femme est proche de son terme et mes enfants auront besoin de toi.

– Elle n'accouchera que dans un mois, et je serai de retour dans six jours.

– Mère, a-t-il ajouté, il n'est pas prudent à une femme seule de prendre la route.

– Esther sera avec moi ! ai-je dit.

Et lui :

– Esther ne viendra pas !

Son ton était sans réplique, son attitude insultante pour une mère.

Ô mon Yosef, toi vivant, jamais un seul de nos enfants n'aurait ainsi levé la voix. Qu'est-il devenu, notre Iacob, de quel droit dispose-t-il de sa sœur, de moi-même ? Voici bien cette condition dont parlaient les femmes de Nazareth. Nous ne sommes rien que la volonté de nos maris, de nos fils, de nos gendres.

Mais que serait-il, ce Peuple élu de Dieu, que serait-il sans nous, ses femmes, sans nos mains pour moudre la farine, nos doigts pour tisser la laine, sans notre ventre pour porter sa semence ?

Alors je me suis révoltée, comme lorsque, petite fille, je refusais que l'on me commande. Oui, je me suis rebellée, pour moi, pour elles, mes brus, mes filles, les femmes courbées sous le joug de cette insupportable autorité d'homme. Je me suis redressée et j'ai dit que j'étais libre, libre d'aller et de venir, libre de voir et d'aimer, libre d'entendre, de parler, et que nul ne me dicterait jamais ma conduite.

– Je suis ta mère, Iacob. Je t'ai nourri de mon lait, je t'ai nourri de mon sang. De quel droit m'imposes-tu ta volonté ?

– Mon frère jette le discrédit sur notre famille, m'a-t-il répondu. Ta place est auprès de ceux qui portent dignement le nom de notre père, pas de ceux que l'orgueil éloigne de notre maison et de la Parole. Mais puisque tu sembles décidée à le rencontrer, dis-lui qu'il n'est plus le bienvenu ici.

Ici, Yosef ! Ici, dans cette maison que nous avons remplie d'amour, toi et moi, sous ce toit qui est encore le mien, un de mes enfants serait interdit !

Ô Tout-Puissant, que nous arrive-t-il ? Et si mes fils ne veulent pas voir leur frère, dois-je pour autant le renier ?

N'est-ce pas mon droit d'aller embrasser la chair de ma chair ?

N'ai-je pas le droit de savoir, moi, sa mère, ce qu'il en est de mon fils ?

Dis-moi, Yavèh Elôhim, dis-moi qui m'en empêcherait ?

Dis-moi.

Elle partit de bon matin, silencieusement, presque comme si elle fuyait, tenant son âne par la bride jusqu'à ce qu'elle soit hors du village. Puis elle prit place sur la bête et, la frappant doucement d'une baguette de roseau, elle lui fit prendre un petit trot.

Kana était à faible distance et le voyage serait rapide. Ainsi, elle arriverait de bonne heure pour aider sa parente à garnir les vases de fleurs, ordonner la cérémonie et, surtout, préparer la mariée.

Bien qu'encore absorbée par ses pensées à propos de Ièshoua', elle profita de ce lever de soleil pour admirer une fois de plus les bienfaits du Seigneur sur la terre de Galilée.

Le printemps était déjà là, mais on ne le voyait pas. Il se cachait, attendant on ne sait quel ordre pour enfin parer d'une robe verte les collines et les vallons.

Des vannes de bois, ouvertes par endroits, permettaient à l'eau de s'aventurer dans les tranchées construites le long des jardins et ainsi, fruits et légumes croissaient et parfumaient l'air de leurs senteurs épicées.

Un indicible mélange caressait les narines. On y

percevait l'odeur du sénevé, du cumin, de l'aneth, et aussi celles, plus subtiles, de la camomille et de la verveine.

Myriam ralentit le pas de l'âne. Elle voulait prendre le temps de respirer les parfums nouveaux, s'emplir les yeux des paysages verdoyants.

Il faisait bon être sur la route, s'éloigner un instant des soucis de chaque jour lui redonnait une nouvelle jeunesse. Elle sourit en voyant, dans un champ proche, un tout jeune veau chercher le pis de sa mère. Plus loin, elle mit pied à terre pour ramasser quelques tiges de blé qu'elle tressa à la bride de l'âne.

Pour la première fois depuis longtemps, elle avait l'impression de s'appartenir, de faire quelque chose pour elle-même.

Elle se surprit à ne pas penser, à se laisser envahir par la douceur du moment. Puis elle sentit un léger réchauffement dans l'air et réalisa que le temps passait.

Alors elle remonta sur son âne et, tout en chantonnant une vieille comptine de son enfance, elle reprit la route.

Myriam à Elishèba

Qui mieux que toi saurait comprendre ce que j'ai fait ? Qui, si ce n'est une autre mère que le destin a séparée de son unique enfant !

Depuis plusieurs jours déjà, j'étais assaillie par le doute, la crainte, la peur, et je ne sais quoi d'exaltant à la fois. J'étais heureuse que mon fils nous ait quittés pour aller prêcher la bonne parole, et la colère des hommes de Nazareth et de ceux de ma famille n'allait rien changer à mon bonheur.

Mais alors, pourquoi ces palpitations chaque fois que l'on prononçait son nom, ces sueurs la nuit lorsque je m'éveillais après avoir rêvé de lui, et ces larmes soudaines quand, par un bel après-midi, je promenais mes petits-enfants sur la place et qu'un geste, une mimique de l'un d'eux me rappelaient Ièshoua' tout petit ? Parfois même, j'avais l'impression que je le portais encore, qu'il vivait en moi et que je devais le libérer, le faire renaître.

Une mère doit-elle enfanter plusieurs fois chacun de ses enfants ? A chaque étape, doit-elle les aider à se libérer d'elle, à couper à nouveau ce cordon qui fut leur seule source de vie pendant le temps de la grossesse ?

Etrange lien qui ne cesse ni avec le temps, ni même, je le pressens, avec la mort.

Et puis, les questions des femmes me harcelaient. Et à mon tour je me demandais : « Mon fils est-il élu pour devenir prophète ? Et que dois-je faire, moi, sa mère, pour lui ouvrir la voie ? »

Et dans tout ce tourment je ne trouvais aucun réconfort auprès des miens, bien au contraire.

Voilà où j'en étais quand je pris la route pour me rendre à Kana.

Riche mariage, ma douce, pour les deux parties. Mariage arrangé, comme de coutume, mais l'étincelle qui brillait dans les yeux des jeunes épousés me laisse espérer une heureuse union.

La fête battait son plein lorsque Ièshoua' est entré dans la salle. Suivi par quelques-uns de ses disciples, il a d'abord salué le maître et les principaux convives qui occupaient l'estrade. Il leur a fait conversation pendant que l'on dressait une table pour lui et ceux qui l'accompagnaient.

J'étais debout, appuyée à un meuble de bois précieux garni de plats fastueux et de fleurs odorantes et, pour la première fois depuis longtemps, je regardais mon fils sans qu'il sache ma présence, sans qu'il me voie.

Ô mon Elishèba, comme il était grand ! Non par la taille que je lui connaissais déjà, mais par cette intensité qui se dégageait de lui.

Ils étaient quantité d'hommes dans cette pièce et on ne voyait que lui. Ils étaient quantité, puissants, luxueux, assurés de leur personne, mais ils étaient foule et il était unique. Ils mangeaient, ils buvaient, ils chantaient, et lui regardait, et, sans en avoir l'air, observait, étudiait. Il ne parlait pas, mais chacun de ses silences pesait mille mots. Il ne buvait pas, mais ses yeux pétillaient de rires. Il ne mangeait pas, mais sa bouche disait la saveur des mets.

Soudain il a senti mon regard sur lui. Alors, reposant une grappe de raisin qu'il venait juste de prendre, il s'est levé et s'est approché.

Sans un mot, il a posé un baiser sur mon front. Puis, reculant d'un pas, il m'a regardée, un merveilleux sourire illuminant ses yeux bruns, et m'a fait compliment de mon état, comme un amoureux le ferait à une jeune élue.

– Tu es belle, ma mère.

– Ièshoua', je suis une vieille femme.

– Les mères n'ont pas d'âge.

Il a regagné la table et repris sa grappe de raisin.

Aussitôt après, je me suis réfugiée dans le jardin pour prier. « Dis-moi, Seigneur, ce que je dois faire. Montre-moi comment l'aider à trouver son chemin ! »

Et à l'instant, un serviteur vint m'annoncer que la maîtresse de maison se désespérait car il n'y avait plus de vin. J'ai d'abord eu un geste d'impatience, car mon souci était bien plus grand qu'une barrique vide mais, soudain, un voile s'est déchiré devant mes yeux. Je me suis dirigée vers mon fils. Il m'attendait, comme s'il savait, lui aussi. Il m'attendait, espérant encore que je n'irais pas vers lui. Mais c'était bien vers lui que j'allais.

– Ièshoua', ils n'ont plus de vin.

L'homme qui se trouvait devant moi n'était déjà

plus le fils de l'instant précédent. Me dominant de sa haute taille, il me répondit avec rudesse :

– Qu'y a-t-il de toi à moi, femme, et pourquoi me dis-tu cela ? Mon heure n'est pas encore venue.

Son regard était insoutenable, son visage ravagé par une lutte intérieure, son corps raidi par une invisible crainte.

Il avait dit « femme », parce qu'ainsi il espérait pouvoir oublier que j'étais sa mère. Il avait dit « femme », parce qu'ainsi il pensait pouvoir refuser ce que je venais demander.

Mais peut-on oublier le dessein de Dieu ?

Il avait dit encore : « Mon heure n'est pas venue. »

Mais qui de l'enfant ou de la mère connaît le moment ? Qui, mon Elishèba, sait mieux que nous que l'heure de la délivrance est arrivée ?

Alors, je me suis adressée aux serviteurs qui nous entouraient et je leur ai ordonné :

– Faites ce qu'il vous dira !

Et lui, il s'est levé et leur a commandé de remplir des jarres de pierre avec de l'eau et, une fois la tâche accomplie, de puiser et servir leur maître.

Ils ont puisé, et l'eau qu'ils puisaient était rouge. Et le maître l'a goûtée, et s'est étonné que l'on ait gardé le meilleur pour la fin.

Car l'eau s'était changée en vin.

Au lendemain de la noce, Myriam reprit la route de Nazareth. Le temps était clément et, comme si, tout d'un coup, l'ordre leur était enfin parvenu, les buissons se couvraient des premières feuilles et, sur les coteaux, dans les prés, les fleurs sauvages se mélangeaient pour faire un tapis multicolore et chatoyant sous les perles de rosée matinale.

Myriam était heureuse de bientôt retrouver sa maison, ses autres enfants, ses petits-enfants, car, malgré la joie qu'elle venait d'éprouver, elle se sentait seule comme jamais auparavant.

Elle avait travaillé sans relâche, élevé ses fils et ses filles, elle les avait vus grandir, se marier et quitter la demeure. Elle avait vu mourir Yosef, le compagnon d'un long chemin.

Et maintenant, elle avait l'impression que sa route s'arrêtait, qu'elle avait accompli sa tâche.

Désormais, les ans s'accumuleraient en travaux quotidiens, en routine, et elle regrettait presque les moments difficiles qui l'avaient obligée à se dresser et combattre.

Que sera demain ? se demandait-elle. Que sera demain ?

Mais elle leva les yeux vers le ciel et tout aussitôt, dans un sourire, se donna la réponse :

– Il sera ce que j'en ferai, avec l'aide de Dieu !

Et elle fouetta gentiment son âne, car maintenant il lui tardait de rentrer chez elle.

Myriam à Yosef

Quel étrange sentiment que celui d'être lasse de ses jours ! Est-ce la force de l'habitude qui me fait avancer, prier ? Mais la même force de l'habitude ne devrait-elle pas rendre ton absence moins lourde à porter ?

Il n'en est rien, mon ami si tôt enlevé. Il n'en est rien ! Chaque jour qui passe ajoute un poids sur mes épaules, un poids qui me rappelle que tu n'es plus là pour m'aider.

Etrangement, en quittant ce monde, tu m'as libérée, me rendant à mon vœu de ne servir que le Très-Haut.

Ai-je failli ? N'aurais-je pas dû, après ta mort, me retirer auprès de ces femmes qui consacrent leur temps à la prière et aux louanges de Son Nom ?

Mais une mère peut-elle abandonner ses propres enfants pour servir la gloire de l'Eternel ?

Je reviens dans ma maison, après une semaine de fête et, plutôt qu'en joie, me voici en peine. Fatiguée, épuisée ? Non, perdue. Seulement perdue, sans ton bras auquel me raccrocher.

Il me reste Esther, ma douce abeille. Toujours un

mot aimant, un geste pour prévenir, un regard pour adoucir. Elle aurait été la lumière d'un foyer, le repos d'un époux. Yosef, mon ami, c'est un mari comme toi qu'il lui aurait fallu.

Me voici arrivée au pied de notre village. Te souviens-tu de notre retour ici ? Tu es sorti de notre abri, sans faire de bruit, comme si tu voulais secrètement profiter de cet instant. Mais je t'ai rejoint, car le moindre de tes souffles me tenait éveillée, le moindre de tes pas m'attirait dans son sillage.

Et nous l'avons découvert ensemble, accroché au bleu du ciel par quelques cyprès noirs de vert. C'était hier, mon ami, hier encore que nous posions enfin nos vies dans le creuset de ces ruelles de terre battue, que tu retrouvais ton atelier, moi mon jardin, et ensemble nos espoirs pour bâtir demain.

Et maintenant que nos enfants sont dispersés, que tu es parti, que me reste-t-il, si ce n'est chanter les psaumes et veiller sur nos petits-enfants ? Quatre déjà, et bientôt cinq. Et le compte ne s'arrêtera pas là, car il y a encore plein de semence à semer, de levain dans la pâte, de jours à venir.

Alors, pourquoi cette tristesse, pourquoi ces ressentiments ? Ne suis-je pas bénie de t'avoir eu pour compagnon pendant plus de vingt ans ? Ne suis-je pas comblée par une famille, certes éparse, mais heureuse de se retrouver ? Et si, aujourd'hui, les plus jeunes ne comprennent pas leur aîné, le temps et ma patience ramèneront le calme dans les esprits, car il y a toujours, j'en suis assurée, de l'amour dans leurs cœurs.

Je grimpe par la sente qui passe à travers les jardins. Le mien est là, minuscule sous son toit d'azur, et il m'attend, comme m'attendent ceux de notre maisonnée.

Aurons-nous une fête pour mon retour, comme nous en avions avant, chaque fois que l'un de nous, toi surtout, partait pour quelques jours ?

Nous nous retrouvions autour de la table, souvent dressée sur la chambre haute, et tu nous disais ton voyage, tes rencontres. Comme tu savais nous tenir en haleine !

J'espère qu'il en sera de même ce soir et que je pourrai leur raconter la noce et, dans le flot des mots, parler de Ièshoua'. Prononcer son nom, empêcher qu'il soit oublié.

Voici l'un de nos petits-enfants qui vient à ma rencontre. Il me tend les bras. Il pleure. Il bafouille d'incompréhensibles mots. Je le serre contre moi, lui dis que rien n'est grave, un simple chagrin. Un chagrin d'enfant.

Mais il relève son visage mouillé de larmes. Et dans le désespoir qui l'inonde, je vois à nouveau, comme pour Yokanaan autrefois, que cet enfant blotti dans mes bras n'a plus de mère.

Esther s'approcha de sa mère et l'embrassa. Les matrones qui étaient encore dans la maison gardèrent le silence, et Myriam comprit qu'un reproche muet lui était fait.

Aurait-elle changé le cours des choses si elle était restée près de sa bru ? N'a-t-elle pas, elle-même, perdu un enfant malgré la présence des meilleures accoucheuses ? Mais ici la mère n'a pas survécu, laissant trois orphelins en bas âge et un mari au désespoir.

Sans perdre une minute en paroles inutiles, Myriam ramassa les quelques affaires des enfants et les emmena chez elle.

Mais quand Iacob revint de la synagogue, il demanda à Esther de les ramener et de prendre sa place dans la maison. Il leur fallait une mère et, en attendant qu'il se remarie, si jamais il se remariait, elle serait cette mère-là.

Lorsque Myriam voulut s'interposer, lui expliquer que, certes, deux femmes ne suffiraient pas pour remplacer une mère, mais qu'elles seraient plus secourables qu'une seule, lorsqu'elle supplia de ne pas la priver de ces enfants qu'elle adorait, lorsqu'enfin elle invoqua le nom de Yosef pour le faire fléchir, Iacob la ravala à son rang de femme en lui rappelant qu'en l'absence de son *békor*, il était le maître de la maisonnée.

Alors seulement elle comprit qu'aucune prière ne changerait le destin des femmes d'Israël, qu'il en serait ainsi pour les siècles à venir. A moins que le Sauveur, qu'elle attendait, comme tant d'autres, se souvienne que l'une de ces femmes était sa mère.

Myriam à Yosef

Non, mon ami, je ne me laisserai pas abattre par la fatalité. Tu m'as appris à lutter, tu m'as appris à survivre, tu m'as appris également que la douleur accompagne notre chemin, et qu'elle enrichit davantage un être qu'un ruisseau de miel coulant de son berceau à sa mort.

Comme toi, j'avancerai sur la route, sans que rien n'arrête le cours de ma vie, car l'Eternel nous l'a offerte afin que nous lui donnions un sens, un but, une vérité.

Qu'est-elle sans cela ? Un simple passage sur notre terre, un simple regard sur la beauté des choses qui nous entourent, un simple amour pour ceux qui partagent notre temps ?

Revenant des noces de ma parente, j'étais désespérée par mon manque de désir. Etais-je déjà une trop vieille femme pour ne plus penser qu'à prier et filer la laine ?

Mes petits-enfants seuls comptaient, et voilà qu'on me les enlève. Et voilà que les hommes de notre maison m'accusent silencieusement de ne pas avoir été là pour sauver leur mère !

Mais qui a tué ? Mon absence, ou leurs exigences de mâles ? Ma bru venait tout juste d'accoucher lorsque, à nouveau, elle s'est trouvée grosse. Certes, notre devoir est de procréer pour perpétuer notre race et que soit chanté le Saint Nom de Yavèh, mais faut-il que ce soit au péril de nos vies ?

Le chagrin de cette mort est grand, Yosef, la colère de Iacob m'est dure, mais dans cette souffrance qui m'est imposée, j'ose poser les questions qui étouffent nos cœurs.

Comment dire à mes sœurs, mes filles, nos femmes, de ne plus subir, de se rebeller, d'en appeler à la Loi de l'Unique ?

Comment les aider, elles qui sont flétries avant même d'avoir atteint l'âge de leur dernier état, épuisées dans leur sein, courbées sous le joug ?

N'est-il pas écrit dans une *parasha* : « Tu aimeras ton prochain comme toi-même ! Moi, Je suis le Seigneur ! »

Et qui est ce prochain si ce n'est, en premier, celui ou celle qui partage ta couche ?

« Tu aimeras », a dit le Tout-Puissant. Mais aimer, n'est-ce pas d'abord respecter ?

Respectent-ils les créatures de Dieu, ces hommes qui les traitent comme des bêtes de somme, des ventres à vêler ?

Pourquoi faut-il, Yosef, que ce soit l'un de nos fils, un enfant conçu dans notre amour qui aujourd'hui m'exaspère ?

Mais je resterai calme, mon ami, je resterai calme

car la colère ne mène à rien, et surtout pas au cœur des hommes.

Mais aussi, parce que je sais maintenant qu'après m'avoir choisie pour être ta compagne, la mère de tes enfants, le Très-Haut m'appellera à nouveau pour que je serve Sa gloire.

L'été se passa en travaux des champs. Puis les vendanges occupèrent les jours. Et enfin chacun se prépara pour Soukko, la fête des cabanes.

Myriam, qui savait que la patience arrange bien des choses, attendait, ne manifestant ni orgueil ni humilité, restant à la place qui était la sienne dans le village, sachant que le moment viendrait où elle la reprendrait dans sa famille.

Elle s'arrangeait pour ne pas rencontrer Iacob, traversant discrètement sa courette, et évitant de se rendre à l'atelier afin de ne pas envenimer la situation. Elle visitait quelques vieilles femmes, filait laine et coton pour de nouvelles tuniques et, presque tous les après-midi, retrouvait Esther et les enfants au jardin.

Et maintenant c'est Soukko. A la même date, il y a trente ans, dans une grotte près de Ièrusalem, par une nuit de froid, elle accouchait de son premier-né, de son *bêkor* !

Aujourd'hui, elle resterait seule dans sa maison alors que ses enfants seront en fête dans les champs ?

Alors, elle comprit qu'il était temps de faire face et se rendit à l'atelier. Bien que Iacob en fût maintenant le maître, ce lieu était encore, pour elle et pour beaucoup, l'atelier de Yosef. Elle en poussa la porte et s'avança. Les ouvriers cessèrent un instant leur travail pour la saluer tandis que Iacob continuait son calcul sans regarder sa mère. Elle s'approcha de lui et tranquillement lui dit qu'elle allait aider Esther à préparer les enfants.

– Nous partirons tôt pour les cabanes et t'attendrons là-bas, ajouta-t-elle, et sans espérer de réponse, elle s'éloigna.

Ce soir-là, dans ce chambardement qu'était la vie dans les champs, Myriam retrouva son rang dans sa maisonnée.

Iacob vint vers elle et la salua. Et lorsqu'il voulut lui parler de leurs désagréments, c'est elle qui lui mit un doigt sur la bouche pour le faire taire. Alors, il se pencha et simplement l'embrassa.

Elle en profita pour lui dire qu'après les fêtes elle partirait, car des nouvelles de Ièshoua' lui parvenaient chaque jour. Les foules le suivaient maintenant de plus en plus. Elle voulait le voir, l'entendre.

Et parler avec lui de Yokanaan, que la fortune semblait abandonner.

Myriam à Elishèba

Ô ma douce, voici une nouvelle qui m'inquiète beaucoup et que je ne peux te taire. Yokanaan, notre Yokanaan est enfermé dans la citadelle de Tibériade !

Dans un de ses prêches, ton fils aurait reproché à Antipas, notre souverain, d'avoir volé la femme de son propre frère, une nommée Hérodiade, défiant ainsi la Loi qui interdit pareil sacrilège.

Antipas a d'abord fermé les yeux sur pareils propos mais, il y a quelques jours, Yokanaan l'aurait à nouveau attaqué, lui intimant l'ordre de répudier celle qui partage sa couche au risque de s'exposer au courroux de Dieu. Alors, les gardes se sont emparés de lui et l'ont mis au cachot.

Que va-t-il lui arriver ? Nous savons tous qu'il n'est rien de pire que de tomber aux mains de l'occupant. Et cet Antipas, n'est-il pas à la solde des Romains ?

Que peut-on reprocher à Yokanaan ? D'avoir rappelé l'ordre de l'Eternel ? D'avoir dit aux puissants qu'ils ne sont pas au-dessus des lois divines ?

Je crains également pour Ièshoua'. Il prêche sur les

terres de Galilée, et bien que ses propos appellent plus à la paix qu'à la rébellion, il n'en rassemble pas moins les foules, ce qui attire grandement l'attention.

N'est-il pas, comme Yokanaan, de plus en plus considéré comme un prophète ?

Le Créateur a appelé nos fils. Il leur a donné la sagesse, la connaissance, la parole. Irait-Il maintenant les abandonner aux mains d'un impie ?

J'apprends qu'un rabbi de Tibériade s'occupe de faire libérer Yokanaan, et Ièshoua', qui, par prudence, s'était d'abord éloigné sur les terres de Philippe, vient de reprendre ses prêches sur le bord du lac.

Si mon fils est revenu, c'est que les choses s'arrangent pour le tien. Mais tu connais, ma colombe, mon souci de mère et je ne serai pas rassurée tant que mes propres yeux ne se seront pas posés sur lui, que je n'aurai pas entendu le son de sa voix !

Voici pourquoi je partirai demain, de bon matin, pour le petit village de Tabgha où l'on m'a informée qu'il se trouvait.

Il me dira ce qu'il sait sur son cousin, et je suis certaine qu'il n'aura que de bonnes nouvelles.

Myriam à Yosef

Quel bonheur pour une mère que de savoir son fils au service du Tout-Puissant !

Et quel bonheur pour toi, mon tendre, quel honneur également, que de voir ton enseignement porter tant de beaux fruits !

Car, depuis Kana, il s'est affirmé être ce que nous espérions tous, et l'on chante les soulagements, les guérisons qui ont lieu sur son passage.

Ici, le fils unique d'une veuve auquel il a redonné souffle de vie, là un paralytique qui s'est levé à son ordre et marche seul, et encore un aveugle qui a recouvré la vue lorsqu'il l'a touché de la main.

Oui, Yosef, ton *békor* accomplit la volonté de l'Eternel. Il sème la bonne parole, enseigne la Loi et soulage les maux de notre peuple.

Voilà ce que j'ai appris en arrivant à Tabgha. Alors, sans me faire connaître, je me suis installée parmi les femmes et j'ai attendu sa venue.

Un mouvement de foule annonce son arrivée. Le voilà, entouré de ses disciples. Il s'assoit sur un promontoire. Il parle, et sa voix traverse le temps pour venir se poser sur chacun de nous. Il parle, comme un homme assuré de la justesse de son propos, convaincu de sa vérité. Il parle, sans qu'un seul doute l'effleure.

– Heureux les pauvres en esprit, à eux le royaume des cieux ! Heureux les doux, ils hériteront de la terre ! Heureux les affligés, ils seront consolés !

Yosef, j'écoute notre fils répandre la Parole. Et ma pensée va vers toi, mon aimé, parce que tu n'es pas avec moi pour l'entendre.

– Heureux ceux qui ont faim et soif de justice...

Combien il a dû t'écouter au cours de ces longues soirées que vous avez passées à étudier ! Et combien, aujourd'hui, il sait avec simplicité exprimer ce bonheur, ce partage, cet amour du prochain que tu nous as fait connaître. Avec lui, tout paraît plus juste, plus clair, limpide, parce que sa voix vient du fond du cœur et non pas du bout des lèvres.

Ses mots font couler en moi un ruisseau de miel. Dans ce qu'il dit, il y a de la joie et des rires.

Et soudain :

– Heureux vous serez lorsque, à cause de moi, on vous persécutera !

Me voici revenue brusquement dans la réalité. Que veut-il annoncer ? Quelle est cette persécution dont il parle ?

Je pense à ce vieillard entrevu sur le parvis du Temple. « Un glaive transpercera ta vie ! »

Un glaive ! Ma vie ! De quoi s'agit-il ? Pourquoi ce souvenir en entendant la phrase de Ièshoua' ?

Je regarde autour de moi. Sur tous les visages il y a

la même question. Tous, en silence, attendent un mot de plus, une explication.

Mais un homme s'approche de lui et lui parle à l'oreille. Alors Ièshoua' se lève, appelle ses disciples, et tous descendent rapidement la colline en direction du village.

Je rejoins un groupe de femmes. Elles parlent de mon fils, elles disent qu'il est le plus grand prophète connu, et même plus.

Un bruit se répand. Un murmure s'enfle. Pourquoi est-il parti si vite ? Que lui a dit ce messager ? J'entends des mots : « Maschéronte », « Hérodiade ».

Soudain, il n'est plus que le nom de Yokanaan sur toutes les lèvres.

Hérodiade renvoya les esclaves qui l'habillaient. La haine se lisait dans son regard. Elle entendait encore la voix de Yokanaan, ce prophète de malheur, accusant Hérode Antipas de sacrilège, l'abjurant de la renvoyer ou de s'exposer aux foudres du ciel.

Et depuis, elle sait que sa place de favorite ne tient qu'à un fil.

Qu'adviendrait-il d'elle si le tétrarque cédait aux pressions dont il est l'objet ? Encore ce matin, ne lui a-t-on pas demandé de libérer le prophète ?

Mais Antipas se méfie de ceux qui veulent libérer ce Yokanaan, et de ceux, Hérodiade en tête, qui voudraient bien le voir mourir. Alors, il décide d'envoyer le prisonnier dans sa forteresse de Maschéronte, en terre de Pyrée. L'éloignement, pense-t-il, apaisera les esprits.

La concubine royale, cette couleuvre sans foi ni loi, trouve dans cet éloignement une solution à ses maux. Loin de l'agitation de la capitale, dans une forteresse inaccessible, ne lui sera-t-il pas plus facile d'agir ?

Elle se présente devant son amant. N'est-ce pas bientôt son anniversaire ? Et pourquoi ne le fêterait-il pas loin du bruit de la foule, loin des intrigues de palais ?

Les voilà en route. Une longue et luxueuse caravane sur la via Maris.

Ils arrivent à la forteresse, et le soir même la fête commence. Et tandis que les vins coulent à flots, que les servantes garnissent sans cesse les tables des mets les plus délicats, tandis qu'Hérode Antipas, tétrarque de Galilée et de Pyrée, fils d'Hérode l'impie, se vautre dans la débauche, Hérodiade prépare son dernier atout.

Soudain, les musiciens arrêtent de jouer, les danseuses se retirent, et Salomé, la toute jeune fille d'Hérodiade, s'avance pieds nus, le corps provocant, ses voiles de soie rendant lascifs chacun de ses pas, et à l'instant, le tyran succombe devant tant de fragile beauté.

Pour la séduire il veut lui offrir un présent. Qu'elle exprime un souhait, un vœu, un désir et il le réalisera.

Et ce vœu – parce qu'il est celui ordonné par sa mère – Salomé l'exprime. Et ce vœu, parce qu'il l'a promis devant ses invités, le tyran l'accorde.

Dans le sous-sol de la forteresse, Yokanaan entend la porte grincer sur ses gonds de fer rouillé. Il voit l'homme s'avancer vers lui. Il voit le fil de la lame briller à la lueur de la lampe à huile. Il voit l'homme lever le bras.

Celui qui, avec de l'eau et des mots, avait mis en péril le trône d'une courtisane, celui qui disait avoir été nommé pour annoncer la venue du Messie, celui-là tomba sans un cri.

On mit sa tête sur un plateau d'argent.

On présenta le plateau à Salomé.

Et Hérodiade put soupirer d'aise.

Myriam à Elishèba

Ils l'ont tué ! Ils l'ont tué ! Ô Seigneur, comment as-Tu pu laisser faire ce bras meurtrier ? Comment ?

Encore une fois, le sang d'un de Tes fils est répandu sur la Terre d'Israël. Où est donc ce pays de la Promesse, ce paradis de miel et de lait d'ânesse ? Qu'a-t-il fait, Yokanaan, qu'a-t-il fait pour mériter pareille destinée ? Il T'a donné ses jours, ses nuits, sa jeunesse, il disait :

– Vous n'aurez plus jamais soif, plus jamais faim, plus jamais froid quand vous aurez entendu Sa parole.

Ô Seigneur, pourquoi, mais pourquoi ?

Mon Elishèba, ma sœur, mes joues ne sont qu'une rivière de larmes, mon cœur n'est qu'une plaie béante. Mon aimée, un poignard m'a transpercée lorsque j'ai su ce qui était arrivé.

De quelles manigances a-t-il été victime ? Hérode donnait une fête et Hérodiade, qui partage sa couche, lui a présenté Salomé, sa propre fille. Et Salomé a dansé, et Salomé a ensorcelé le vieux tyran.

Alors, lorsqu'il lui a offert de répondre à son désir,

quel qu'il soit, sur les conseils de sa mère elle a réclamé la tête de Yokanaan.

Voilà comment on arrache une vie ! Par jeu, pour plaire, pour séduire. Ne sommes-nous rien de plus que chiens sauvages ?

Et maintenant, quel autre fruit de l'arbre faudra-t-il couper ? Quelle autre tuerie pour les satisfaire ?

Je tremble, ma douce, je tremble de honte et de peur. Oui, j'ai honte car il est vrai que nous avons trop souvent plié le genou devant l'envahisseur. Mais pouvions-nous faire autrement ? Chaque rébellion ne s'est-elle pas terminée dans un bain de sang ? Ils se comptent par milliers ceux qui se sont sacrifiés pour nous libérer de l'oppresseur, et rien n'a changé, rien. Il n'y a eu que davantage de deuils, davantage de veuves et d'orphelins.

Oui, j'ai peur ! Peur qu'un faux prophète, qu'un meneur fou se lève et entraîne encore une fois notre peuple dans le chaos.

Ton fils était-il Elie ? Ton fils annonçait-il le Messie ? Est-ce pour cela, en vérité, qu'Antipas l'a tué ?

– Il arrive, celui dont je suis venu annoncer le règne ! Il arrive !

Voilà ses derniers mots. Et voilà ce qui se lit sur toutes les lèvres, ce qui se pense dans tous les esprits, ce qui s'espère dans tous les cœurs.

Ma tendre, mon amie, dans ce malheur qui nous crève l'âme, en voici un autre qui hantera mes jours et mes nuits. Esther, mon Esther, en apprenant la mort de Yokanaan, s'est effondrée sur mon sein. Et dans le silence de ses pleurs, j'ai soudain compris ce que je n'avais jamais su. Elle l'aimait, oui mon Elishèba !

Esther aimait Yokanaan ! Son petit fiancé ! Voilà ce secret que je n'avais jamais percé. Comment moi, sa mère, n'ai-je jamais entendu son amour ? Comment ai-je pu la plaisanter, la questionner alors qu'elle souffrait ? Et comment ai-je pu être ignorante à ce point ?

Elishèba, donne-moi la main, serre-moi contre toi, rassure-moi. Dis-moi que je n'ai pas été mauvaise mère ! Que je ne pouvais rien pour sauver ton enfant, que je n'ai pas trahi la mienne !

Dis-moi que ton fils n'est pas mort pour le seul plaisir d'un tyran et d'une dévoyée !

Dis-moi qu'il était celui qui portait l'espoir, celui qui annonçait l'heure de gloire !

Alors seulement, je comprendrai mon aveuglement !

Par-delà le bleu du lac de Tibériade, le mont Hermon s'amusait à toucher de sa tête couronnée de neige les nuages qui moutonnaient le ciel.

Shimon, Andréas et quelques autres venaient juste de relever leurs filets lorsqu'un homme apporta la nouvelle : Hérode Antipas a fait décapiter Yokanaan ! Aussitôt, pressentant le danger, ils rassemblèrent leur pêche du jour et rejoignirent Ièshoua'.

Bien qu'il ne fût pas impliqué dans les actions du baptiste, et qu'il ne fût pas lui-même rattaché à cette secte, il était préférable qu'il se mette à l'abri. Les polices du tétrarque étaient rapides et efficaces.

Alors, le groupe d'hommes prit la route du nord et se réfugia à quelques lieues de Kfar-Naüm, sur l'autre rive du lac Houleh, lequel se trouvait faire la frontière avec les terres de l'ethnarque Philippe.

Ici, afin de ne pas abuser de la généreuse hospitalité du frère ennemi d'Antipas, il n'y aurait ni prêche ni sermon.

Mais Ièshoua' ne restait pas pour autant inactif. Porter la parole aux foules était une chose, former ses disciples en était une autre. Ce temps en exil serait mis à profit pour assurer l'enseignement de ceux qui l'avaient suivi.

Puis, tout danger paraissant écarté, ils revinrent en terre de Galilée et, tandis que Shimon, Andréas retrouvaient leurs filets, les autres leurs chantiers, leurs ateliers, leurs champs, Ièshoua' reprenait ses sermons.

Myriam à Yosef

Laisse-moi, mon ami si cher, te raconter qu'une jeune enfant venait de mourir et que sa mère était dans un grand désespoir. Les pleureuses se réunissaient déjà dans la maison lorsque Ièshoua' est arrivé. Il s'est approché du corps sans souffle de la petite fille et, lui prenant la main, il a murmuré à son oreille :

– Talitha koum, Talitha koum ! Petite fille, lève-toi !

Et la petite fille a ouvert les yeux et s'est dressée sur sa natte et les femmes ont retiré leurs voiles et ont pleuré de joie.

« Talitha koum ! » N'est-ce pas le plus doux des mots que l'on puisse dire à une enfant ?

Il y a encore d'autres miracles, mon époux, d'autres guérisons dont je ne sais presque rien mais qui font de lui ce prophète écouté par tous. Il n'y a pas que de petites gens autour de lui, mais aussi des femmes aisées qui le soutiennent de leur richesse. Et même, m'a-t-on dit, l'épouse d'un intendant du roi !

Des femmes, mon Yosef. Lui qui ne connaît que le

célibat est entouré de femmes dévouées, aimantes, pour lesquelles il a ce respect que tu m'as témoigné et que tu lui as enseigné.

Et voici ce qu'il vient de faire pour en sauver une que des scribes et des pharisiens voulaient lapider.

– Que penses-tu, maître, lui ont-ils demandé, devons-nous appliquer la Loi telle que l'a enseignée notre père Moïse ?

Et lui, comprenant leur piège, leur a simplement répondu :

– Que celui qui n'a pas connu le péché jette à cette femme la première pierre.

Alors, honteux, ils sont tous partis. Car qui peut prétendre à la face de l'Eternel n'avoir jamais fauté ? Et n'est-ce pas la preuve chez Ièshoua' d'une grande sagesse que d'avoir répondu sans juger ?

Il dit encore que ce ne sont ni ses mots ni ses mains qui guérissent, mais bien la foi en notre Père.

Maintenant, on vient me dire qu'il est décrié. Jalousie ? Peut-être, car son succès grandissant jette dans l'ombre bien des maîtres. Méfiance ? Peut-être aussi, car ses propos ne sont pas toujours en accord avec ce que disent les docteurs de la Loi et surtout, avec ce que font les prêtres du Temple.

Mais un prophète peut-il taire ce qu'il doit nous dire sous prétexte qu'il déplaît ? Sa parole n'est-elle pas inspirée par le Seigneur lui-même ?

Oui, je sais, mon Yosef, comme moi, cela te tracasserait. Je pense à Yokanaan, et ma gorge se noue.

Ièshoua', mon fils, rappelle-toi le conseil de ton père, garde à l'esprit la prudence qu'il t'a conseillée en toute chose. Ne donne point d'armes à tes détracteurs.

Et voici que Iacob vient me trouver.

– Mère, cela ne peut durer. Depuis que Ièshoua' a commencé de prêcher, nous avons accepté bien des choses, mais maintenant il va trop loin dans ses propos. Est-il devenu fou ? Pourquoi dire qu'il n'est pas besoin d'offrir des animaux pour honorer le Tout-Puissant, jetant ainsi l'opprobre sur les sacrificateurs du Temple ? Pourquoi défier les puissants en traitant de malheureux, d'hypocrites les scribes et les pharisiens ? Et sais-tu que depuis quelques jours le bruit se répand qu'il est l'envoyé de Dieu ? Ne met-il pas sa propre vie en danger en acceptant que cela se dise ? Il est temps aussi de le raisonner, de l'empêcher de nous nuire davantage. Allons le chercher, ramenons-le ici, dans cette famille qui est la sienne. Protège-le, toi, sa mère, d'une fin comme celle de notre cousin !

Je comprends que mes fils ont raison, qu'il me faut tout tenter pour le sauver.

Me voici déjà sur la route, mais aujourd'hui entourée des hommes de ma famille. Nous allons vers le lac qu'il affectionne et nous arrivons devant cette synagogue où il prêche.

Mais il y a foule et nous ne pouvons nous approcher de lui. Alors, nous attendons, dehors, et lorsque, enfin, son sermon fini, il s'avance vers la porte, Iacob demande à un disciple de le prévenir.

– Dis-lui que sa mère et ses frères sont là, dehors.

L'homme va vers le maître, se penche vers lui. Et Ièshoua' se redresse. Sans un regard vers nous, sans un geste pour moi, il nous dit :

– Qui est ma mère ? Qui sont mes frères ? Qui, sinon ceux qui font la volonté de mon Père des cieux !

Un tourbillon de sang envahit mon esprit. Mon fils

me renierait-il ? Est-ce possible ? Yosef, entends-tu ce que j'entends ?

Et maintenant Iacob et Jude, contenant mal leur colère, m'entraînent au loin. Je leur dis de me laisser, que je veux parler à Ièshoua', qu'il doit m'expliquer.

Mais ils lancent mon âne au trot, et je sais alors que c'en est fini de tous mes espoirs, que je ne pourrai plus rien faire pour mon enfant.

Si ce n'est prier.

Myriam à Yosef

Depuis ce jour à la synagogue, depuis qu'il ne m'a pas reconnue, je ne dormais plus. Et mes mains ne trouvaient plus la force de filer le coton, tant elles étaient épuisées par mes veilles.

– Mère, m'a dit Jude, il te faut oublier Ièshoua', puisque lui-même t'a rejetée. Tu as entendu ses paroles. Sa famille est ailleurs.

J'ai gardé le silence, car je ne pouvais acquiescer à ses propos. Oui, Ièshoua' m'a rejetée, mais il y avait un indicible mystère dans ses mots. Il ne s'adressait pas seulement à moi, à nous. Que voulait-il dire ? « Ma mère et mes frères sont ceux qui... »

Et depuis, j'essayais de comprendre. Un prophète parle-t-il comme un homme du commun ? Et même à moi, qui l'ai enfanté, doit-il livrer la clé de ses pensées ?

Et Jude est revenu, et Iacob avec lui.

– Mère, m'ont-ils dit encore, il parle comme s'il était en tout supérieur, comme si lui seul connaissait la vérité. On nous raconte qu'en traversant la terre de

Samarie il a demandé à boire à une femme seule au puits. Et à cette femme qui lui disait attendre la venue du Messie, il a répondu : « Je le suis, moi qui te parle. » N'est-ce point marque de folie, ou marque du démon ? Comment peut-il penser être l'oint de Dieu, lui qui est né pauvre dans une grotte ?

Etait-il utile de me faire souvenir ? Non, mon bon Yosef, car chaque instant de ce soir-là est resté gravé en ma mémoire. Une grotte, oui ! Voilà où est né Ièshoua'. Pauvre, oui ! Mais de quelle autre richesse que notre amour avait-il besoin ?

Jude et Iacob m'observaient tandis que je voyageais dans le passé. Alors, je me suis adressée à eux :

– Croyez-vous que Jérémie, Ezéchiel et Isaïe, ou encore Jacob et Elisée, soient nés dans des palais ? Croyez-vous que l'Eternel choisisse ses prophètes en fonction de leur lignage, de leur fortune ?

Et ils sont repartis tandis que je reprenais mon ouvrage. Mais ils ne me laissèrent pas grand repos.

– Mère, ton propos est juste, mais aujourd'hui Ièshoua' a plus d'ennemis que de fidèles ! Sais-tu qu'il mange à la table des impies sans respecter la Loi ? Et à un rabbi qui lui faisait remarquer son insolence, il a répondu : « Rien de ce qui pénètre dans le corps ne peut salir l'homme, mais ce qui entre dans le cœur peut le pourrir à jamais ! »

« Sais-tu encore qu'il laisse ses disciples faire ce qui est interdit le jour du sabbat ? Qu'il a, à nouveau, insulté les prêtres en disant que le moment viendrait où on adorerait ni à Ièrusalem ni en Samarie, mais en esprit ! Cela ne revient-il pas à dire que le Temple n'est rien, que, comme Hérode le chien, Salomon et David n'ont construit que pour leur seule gloire ! Est-ce là ce que nous a appris notre bon père Yosef ? Est-ce là ce que tu veux entendre de ton aîné, de celui qui doit plus que tout autre honorer le nom qu'il porte !

Mais je suis restée de marbre. Et j'ai continué de chercher, penchée sur mon labeur, fixant mes yeux sur le fil de laine qui se déroulait comme un fil de vie.

Soudain, tout m'a paru clair !

Ô mon Yosef, suis-je en train de blasphémer, ou bien ai-je enfin entendu le message de l'Eternel ?

Car maintenant, je sais. Je sais et ne peux le dire autour de moi sous peine de passer pour folle, mais je sais que mon fils n'est pas seulement un prophète de plus sur la terre du peuple élu.

Maintenant seulement, je comprends enfin tes silences, les phrases de Siméon, le feu des bras de Zekkariah, les mots de Yokanaan.

Et je comprends enfin ce qui s'est passé à la synagogue. Il ne nous a pas rejetés ! Il ne nous a pas écartés ! Bien le contraire : à moi, sa mère, il disait qu'il ne m'appartenait pas et que je ne lui appartenais pas davantage, se libérant de moi pour pouvoir continuer sa route, me libérant de lui pour enfin me consacrer à ma promesse. A eux, ses frères, il disait que nous sommes tous, gendres et brus, filles et sœurs, pères et mères, tous frères unis dans le royaume de Dieu !

Yosef, dis-moi si je divague, dis-moi si ta petite Myriam a atteint les limites de la raison ou si j'ai vraiment porté en mon sein l'enfant promis au rang suprême.

Ai-je élevé l'homme qui veut rebâtir la maison de l'Eternel ? Ai-je nourri de mon lait celui qui rendra sa gloire à la cité de David ?

Et dans l'instant Jude et Iacob m'annoncent encore :

– Mère, ceux qui le suivent disent qu'il va chasser l'envahisseur, rétablir le royaume, et ils disent aussi qu'il est le Messie, l'oint de Dieu !

Et sans lever les yeux de mon fil de lin, je leur réponds simplement :

– Et s'ils avaient raison ?

Chapitre 7

Il y avait cinq ans, cinq longues années que le gouverneur était arrivé en terre de Judée. Il espérait bien, maintenant, que l'empereur le rappellerait bientôt pour lui confier un poste plus important, et surtout plus agréable.

Faire régner la paix n'avait pas été facile. Il n'avait pas pu écraser ces Juifs de malheur comme il l'aurait souhaité, car il lui avait fallu tenir compte de tous ceux, riches et puissants, qui avaient leurs entrées à Rome et dont l'influence était grande.

Il n'avait pas davantage pu négliger le pouvoir du grand prêtre dont le peuple reconnaissait encore l'autorité. Et ce dernier ne s'était pas privé d'utiliser cet argument au cours des nombreuses et secrètes négociations qui avaient jalonné les relations entre les deux hommes.

Chacun avait son domaine. Le grand prêtre régentait les lois établies dans le cadre de sa religion, et Ponce Pilate se consacrait à faire appliquer celles de Rome, et à enrayer toute tentative de soulèvement.

Pour ce faire, il avait mis en place une police tout aussi aguerrie que celle d'Hérode Antipas ou du légat de Syrie. Heure par heure, il était informé de ce qui se passait sur ses territoires, et même chez ses voisins.

Le calme régnait donc sur les terres de Judée et de Samarie. Il en serait ainsi tant que le fragile équilibre entre les deux factions serait respecté. Sinon... Sinon, ce serait la guerre civile, l'éclatement ; et il y perdrait son poste et finirait sûrement ses jours quelque part au fin fond de l'empire.

Pour chasser cette pensée, Ponce Pilate frappe dans ses mains. Quelques danseuses envahissent aussitôt la salle ouverte. Le préfet sourit en se demandant laquelle de ces beautés portera ce soir l'offrande à la déesse et aura la faveur de son lit.

Mais son plaisir ne dure qu'un instant. Un de ses informateurs demande audience. Contrarié, Pilate fait signe qu'on l'introduise, car l'homme dit avoir une nouvelle de première importance.

– Ièshoua', annonce le visiteur, le prophète de Nazareth, est rentré de son exil à Césarée de Syrie. Il est dans les environs de la Ville sainte.

Pilate écoute. Il connaît ce Ièshoua' par ouï-dire. Il prêche surtout en Galilée et vient en terre de Judée une ou deux fois l'an, pour la Pâque et pour Soukko, mais il n'a jamais rien fait de répréhensible.

– Il vient d'accomplir un nouveau miracle, poursuit l'indicateur.

Un miracle ! Ces prophètes sont vraiment très forts. Quelques tours de passe-passe, et ceux qui les suivent crient au miracle ! Est-ce pour cela qu'on dérange le représentant de l'empereur ? Il jette quelque monnaie à l'homme qui se tient debout devant lui. Mais celui-ci reste immobile.

Un malin, ce bonhomme, qui connaît certainement

le prix de sa marchandise, pense le gouverneur en faisant tinter deux autres pièces entre ses doigts.

– Le bruit court qu'il est le Messie, l'oint de Dieu ! précise-t-il encore.

C'est à peine une information, cela, pense Pilate avant de manifester son impatience en jetant une seule pièce.

Mais le visiteur ne bouge toujours pas.

– Ils disent encore qu'il est le descendant de David, ajoute-t-il.

Puis, ménageant son effet, d'une voix basse :

– Et qu'il est le vrai roi des Juifs !

La dernière pièce sonne sur le marbre tandis qu'un rictus serre la mâchoire du gouverneur.

Myriam à Yosef

Le Sauveur ! Mon tendre époux, je suis en route pour Ièrusalem et, dans la solitude qui me sert de compagne, je me répète ce mot qui à la fois réjouit et brûle mon cœur.

Le Sauveur d'Israël, notre fils ! Nuit et jour depuis que j'ai fait cette réponse à Iacob et à Jude, nuit et jour je parcours à nouveau le long chemin de notre vie.

Et tout, mon aimé, tout m'indique qu'il en est bien ainsi. Le messager au jour de mes noces, ma tendre Elishèba comblée en sa vieillesse, la peur d'Hérode devant l'annonce d'un nouveau roi. Et encore, les paroles de Yokanaan baptisant son cousin.

Ô mon Dieu ! Tu nous auras tant comblés ! Oui, il sera, il est l'oint du Seigneur ! Et la folie me gagne, me déchire entre mon amour de mère et mon obéissance à Dieu.

Car il y a Siméon ! Comment oublier Siméon sur les marches du Temple. Siméon et son glaive de douleur !

Seigneur, d'où, et quand, me viendra cette insupportable douleur ?

Alors j'avance vers Ièrusalem, parce que mon enfant est là-bas. Et parce que, en entendant les nouvelles dernières, j'ai compris que les événements se précipitaient, qu'il me fallait être près de lui.

– Mère, m'a dit Iacob, bien que je ne comprenne toujours pas son attitude, ne pense pas que je sois encore fâché contre mon frère. Maintenant qu'il est en danger, je me soucie de lui comme un père pour son enfant.

– En danger ! Mais de quel danger s'agit-il ?

– Je ne sais, mère, si ce n'est qu'Antipas de Galilée le cherche pour le faire arrêter.

L'arrêter ! Ièshoua' ! Mon Yosef, j'ai vu la terre s'ouvrir devant moi. L'arrêter ? Mais que font ses puissants amis, ces femmes riches qui le soutiennent, que font-ils pour l'aider ? L'ont-ils abandonné ?

– Où est-il ? ai-je demandé.

– On le dit à nouveau à l'abri en terre de Philippe. Et aussi qu'il attendra là-bas que le danger soit éloigné avant de revenir.

Je me suis mise aussitôt en route. Il me faut le voir, le prévenir.

Encore une fois, juchée sur mon ânesse, le cœur palpitant, craignant à chaque village une mauvaise nouvelle, je suis partie à sa recherche.

Le premier soir, je me suis arrêtée chez ma parente à Kana. Elle était à son jardin et, du plus loin qu'elle m'a vue, elle s'est précipitée.

– Où diriges-tu tes pas, Myriam ma sœur, alors que ton fils se rend à Béthanie, où son ami Lazare vient de mourir ?

Me voilà rassurée car Béthanie est en terre de Judée. Là-bas, il est sain et sauf, loin des griffes d'Antipas.

J'ai passé la nuit dans le réconfort de son amitié et au petit matin je me suis dirigée vers la Ville sainte.

Il y avait de belles caravanes pour partager mon chemin, car le temps de la Pâque est proche.

Ainsi, mon Yosef, je serai dans la Ville sainte pour ce grand moment de notre histoire. Et j'y serai avec tous nos souvenirs, ceux de tant et tant de Pâques ensemble, toi et moi, dans la cité de David, mais également à Nazareth, et sur la terre d'exil que fut l'Egypte.

Ce voyage, de chaque aurore qui apportait un jour nouveau à chaque étoile qui couvrait nos nuits, fut une véritable bénédiction et nos retrouvailles, ma sœur de Ièrusalem et moi, une douceur offerte par l'Eternel.

Elle me dit que Ièshoua' est bien à Béthanie, et son nom sur toutes les lèvres car, devant Marthe et Marie-Madeleine et d'autres, il a ramené Lazare de parmi les morts.

– Lazare, sors dehors ! a-t-il ordonné. Et le vieil homme s'est levé du tombeau.

La foule s'est aussitôt rassemblée pour célébrer ce miracle, en chantant qu'il n'avait pu être accompli qu'avec la grâce du Seigneur.

Depuis, on dit dans tout Ièrusalem qu'il est bien un grand prophète, qu'il est peut-être même Isaïe revenu sur terre !

Yosef, depuis cinq siècles, pas une seule voix puissante ne s'est élevée dans le désert et notre peuple se meurt de ne plus entendre l'Eternel !

Notre fils, notre aîné consacré à l'Unique, est-il celui qui va briser ce silence ? Est-il celui que le Tout-Puissant a élu pour nous rendre la liberté ?

Car voici maintenant que s'accomplissent également les paroles de Yokanaan. Et la prophétie d'Isaïe.

Pendant la durée des fêtes, afin de pouvoir contrôler plus facilement le flot des visiteurs, Ponce Pilate exigeait que l'on utilise uniquement la porte des animaux pour entrer dans le sanctuaire.

Ainsi, depuis le donjon de la tour Antonia, il pouvait surveiller les mouvements des pèlerins et faire intervenir rapidement ses gardes.

C'est par cette porte que s'avance aujourd'hui un homme monté sur un âne, ainsi que l'a annoncé Isaïe.

Ceux qui l'accompagnent chantent « Hosanna ! béni soit celui qui vient au nom du Seigneur ! Hosanna, il est venu, le roi des Juifs ! »

Ils ne sont pas une foule, seulement une poignée, le bataillon des derniers fidèles. Et lui avance, tel un roi de dérision vers un trône inaccessible.

Sur le bord du chemin, cachée sous son voile, une femme regarde passer le cortège. Une femme au visage marqué par le temps, mais aux yeux inondés de lumière.

Sur le bord du chemin aussi, deux hommes observent, écoutent. Puis, discrètement, l'un se dirige vers la tour Antonia, tandis que l'autre rallie le palais de la *Gerousia.*

L'homme, sur son âne royal, continue son chemin. Enfin, il arrive aux abords du Temple. Comme de coutume, les marchands de sceaux, les changeurs de monnaies, les négociants de parfums, de pains d'offrande, les colporteurs de toutes sortes se sont installés le long des murs. Il n'est encore une fois question que d'argent, de gain, de marchandages.

Et, pareillement à l'enfant découvrant autrefois ce qui se passait ici, l'homme qui s'avance tremble de colère.

Mais maintenant, il est fort. Mais maintenant, il veut que l'on honore la demeure de son Père.

Alors, dans un mouvement d'indignation, il jette à terre les tables des premiers changeurs rencontrés, ouvre quelques volières emplies de tourterelles, repousse une rangée de marchands et hurle sa fureur.

– Ceci est une maison de prières, leur crie-t-il, et vous en faites une caverne de bandits !

Puis, sans prêter plus attention au tumulte qu'il vient de provoquer, il s'enfuit dans le dédale des ruelles, sort enfin de la ville et, par la route de Béthanie, il grimpe sur la colline qui porte le nom de montagne des Oliviers.

Là, il retrouve enfin le calme, loin de la foule et du bruit de la ville.

Myriam à Yosef

Ô mon ami, quelle espérance dans leurs chants et leurs gestes, quel rayonnement sur leur visage ! Alors qu'il entrait en ville monté sur un âne, certains de ses fidèles marchaient devant lui, jetant leurs manteaux sur le sol, et d'autres le suivaient et tous chantaient les louanges de grâce.

– Hosanna ! Voici venu celui qui va relever la couronne d'Israël ! Hosanna ! Il est parmi nous, le roi des Juifs !

Le roi des Juifs, Yosef, ils l'appelaient le roi des Juifs ! N'est-ce pas encore une fois attiser la colère des Romains que de les narguer ainsi ? Pourquoi les provoquer ?

Mais ce n'est pas tout, mon tendre. Il s'est rendu au Temple et, furieux comme tu l'as souvent été en voyant ce que les marchands faisaient, il a renversé les tables des changeurs, jeté à bas quelques étals de marchands, et il leur a dit de ne plus corrompre la maison de son Père.

Après, il s'est retiré sur le mont des Oliviers, entouré

de ses disciples, mais les prêtres, mécontents, sont à leur tour après lui.

Je sais tout cela par une femme qui est venue me trouver.

– Je suis Mariam, m'a-t-elle dit, du bourg de Magdala. J'ai été guérie par ton fils. Il t'a vue, sur le bord de la route, mais tu ne dois pas le suivre.

Je n'ai rien demandé. Je n'ai pas voulu savoir si c'était lui qui m'envoyait cette messagère. A quoi bon ? Je sais que le moment venu, il me faudra être à ses côtés. Je suis sa mère.

Mariam a poursuivi :

– Le temps des épreuves est venu, Myriam, prépare-toi.

A-t-elle lu ma pensée ?

– Je viendrai te chercher, a-t-elle murmuré encore.

Puis, avant que je prononce un mot, elle s'enfuit en courant.

Comme de coutume, ils sont venus par milliers de tous les bords de la Méditerranée et d'ailleurs pour chanter la gloire de l'Eternel.

Cris et palabres, bêlements et prières alourdissent l'air sur le parvis des Gentils et tout autour du Temple.

Mais Ièshoua' n'entend rien de ces bruits-là. Il est revenu, plus protégé maintenant qu'entouré par ses disciples, il est revenu porter la parole.

Ils sont là, également, ceux qui veulent encore l'entendre. Peu nombreux certes, mais rabattant sans arrêt de nouveaux fidèles parmi les pèlerins. Leur troupe grossit, se déplace rapidement, se retrouve plus loin, ailleurs. Les mots circulent sous le manteau. On se méfie lorsque apparaissent des lévites, des pharisiens et tout ce qui est proche des prêtres.

On lui dit d'être prudent, qu'il y a des espions à la solde du Temple et du gouverneur, mais Ièshoua' n'entend pas les conseils de prudence. Maintenant, il parle, attaque, dénonce.

– Les publicains et les prostituées ont cru en Yokanaan, crie-t-il, et vous, vous n'avez pas cru en lui !

A la foule abasourdie par ses propos, il annonce que

c'en est fini de l'autorité du Temple, que c'en est fini des sacrifices d'animaux, des offrandes onéreuses.

Il dit encore que c'en est fini de la suprématie d'Israël sur le royaume de Dieu, des grandes familles sacerdotales, qui s'enrichissent du trafic des ventes.

– Qui est-il, ce Ièshoua', pour parler ainsi ? se demandent les prêtres, terrés au fond de leurs palais. Ses propos sont graves et mettent en péril notre existence même. Ne serait-il pas préférable de l'arrêter maintenant, de le faire taire avant qu'il n'aille trop loin ?

Et comme ceux qui le suivent répandent le bruit qu'il est venu, le libérateur d'Israël, qu'il faut fourbir les armes, à son tour Ponce Pilate se demande s'il n'est pas temps d'agir.

– Qui est-il, ce Ièshoua' ? se demande le gouverneur. Est-il de lignée royale pour qu'ils l'appellent roi des Juifs ? Que fomente-t-il avec ses disciples ? Ne serait-il pas préférable de l'emprisonner avant qu'il ne soulève une révolte dans Ièrusalem ?

Ils s'interrogent, les prêtres qui aiment l'argent et la gloire des hommes plus que celle de Dieu !

Il s'interroge, Pilate, parce qu'il ne veut pas courir le risque de déplaire à Rome ni au Temple.

Ils s'interrogent tous, parce qu'un homme seul s'avance et qu'il ne leur demande rien.

Mais qu'il peut tout leur faire perdre !

Myriam à Elishèba

Ma si douce, mon Elishèba, comment te dire les déchirures de mon cœur ?

Depuis hier, Pilate, le gouverneur de Judée, a donné, lui aussi, l'ordre d'arrêter Ièshoua' !

– Que ceux qui savent où il se trouve le disent, a déclaré l'impie.

Que ceux qui savent – mais tous savent ! Ne vient-il pas tous les jours prêcher sur le parvis des Gentils ? Pourquoi ne pas l'arrêter, alors ? Ont-ils peur, les soldats de Rome, ont-ils peur d'un homme aux mains nues et de quelques disciples ?

A moins que les prêtres ne tentent de le protéger, qu'ils aient enfin entendu, à travers la dureté de ses propos, son message d'amour.

Sont-ils devenus ses complices ? Car maintenant, chaque soir, il va d'une maison à un abri, et nul ne sait où il passe la nuit.

Et voici que l'on frappe à notre porte. C'est Mariam, Mariam de Magdala, la fidèle servante.

– Viens, me dit-elle, si tu veux le voir avant qu'il ne soit trop tard.

– Trop tard ! Que veux-tu dire, femme ?

– N'es-tu point sa mère ? Ne l'aimes-tu pas avec ta vie ? Alors, tu dois savoir aussi bien que moi.

– Non, Mariam sauvée par ses mains, non je ne sais pas. Comment saurais-je ? Où est-il ? Peut-être que moi, sa mère, je peux encore le sauver. Mène-moi vite à lui.

Et nous partons à travers les ruelles obscures, jusqu'à la maison où il se cache.

Il est à table, entouré de ses disciples les plus chers. Ils mangent à l'avance le repas de Pâque, avec l'agneau et les herbes amères.

Je le vois, de mes yeux, je le vois briser la miche de pain et la partager avec eux. Puis il lève la coupe et, de sa voix puissante, il dit :

– Ceci est le sang de l'Alliance qui sera répandu pour vous.

Tous ensemble, ils entonnent le chant du Hallel :

– Tout à Toi la gloire, Yavèh...

Et quand ils ont fini, il leur dit encore :

– Je ne vous laisserai pas orphelins !

Et il sort de la salle haute. Et ils le suivent tous.

Maintenant, il ne reste que Mariam, en larmes, et moi, étourdie par la peur.

Oui, mon Elishèba, je suis étourdie par la peur, mon sang est glacé dans mes veines, mes yeux sont aveugles, mes oreilles bourdonnent !

N'a-t-il pas dit :

– Je ne vous laisserai pas orphelins !

Soudain un voile se déchire devant moi. Et derrière ce voile, il y a une autre lumière violente. Violente, et noire !

Et je comprends que le moment est venu où il va me transpercer, le glaive de douleur !

Après le repas, il passa de l'autre côté du Cedron pour retrouver le jardin dans lequel il aimait se reposer. Dès qu'il eut pris un peu de hauteur, d'un seul regard il embrassa la Ville sainte. Il se tourna alors vers les disciples qui étaient autour de lui. Il se les rappelait un à un, comment il les avait rencontrés.

Shimon bar Yona, qu'il avait rebaptisé Kêphas, ce qui voulait dire pierre, et son frère Andréas. Ils avaient été les premiers et étaient encore à ses côtés. Et Philippos, auquel il avait dit : « Suis-moi. » Et lui avait aussitôt quitté sa ville de Bethsaïde pour le servir sans partage.

Iacob et Iôanan, les fils de Zébédée, pêchaient sur le lac avec leur père lorsqu'il les avait appelés. Thaddée s'était joint au petit groupe un jour qu'il traversait un gué. Et il était resté, persuadé qu'il avait enfin rencontré l'oint de Dieu.

Et il y a encore l'autre Iacob, le fils d'Alphée, qui maintenant somnole accroupi au pied d'un arbre, le pan de son manteau remonté sur son visage.

Et Shimon, de la secte des Sicaires, mais qui avait

depuis rangé son poignard pour ne parler que de paix.

Et encore Thomas, dit le Jumeau, et Nathanaël, celui qui s'était moqué en entendant parler de Ièshoua' :

– Peut-il sortir quelque chose de bon de Nazareth ?

Mais une fois devant le maître, il s'était écrié :

– Rabbi, c'est toi le fils de Dieu !

Quant à Matthias, il n'avait pas hésité à quitter son poste de percepteur d'octroi pour les Romains, et il ne l'avait jamais regretté, malgré les sarcasmes dont il était souvent l'objet.

Et il y avait encore Yehuda l'Iscariote. Sa place habituelle sur le muret de clôture était vide ce soir. Il avait quitté le repas avant les autres et n'avait pas encore reparu. Mais il allait revenir, Ièshoua' le savait. Il l'attendait même.

Voilà qu'il arrive, en effet, précédant une cohorte de soldats romains et quelques sbires du Temple.

Il s'approche de son maître, lui donne un baiser.

Aussitôt les soldats entourent Ièshoua'. Il y a un cliquètement d'armes. Certains disciples s'éveillent et, voyant la troupe, s'enfuient. Seul, Shimon-Pierre tire son épée et frappe un serviteur du Temple, mais Ièshoua' retient son bras.

Alors ils s'emparent de lui, les soldats et les sbires, et ainsi ils l'emmènent, d'abord chez Hanan, beau-père du grand prêtre Qayafa qui vient de lui succéder, et puis au palais de la *Gerousia*, où se réunit le Sanhédrin, le conseil des sages.

Et là, ils lui demandent :

– Qui es-tu ?

Et lui :

– Questionnez ceux qui m'ont suivi et entouré.

Certains tentent encore de le persuader de répondre car ils sont ses disciples cachés, mais lui refuse leur aide.

Alors, comme on ne peut ni le sauver ni le condamner selon la loi juive, car il n'a rien dit qui ne soit, on le rend à la garde et il est conduit chez Ponce Pilate, gouverneur de Judée et de Samarie.

Et celui-ci lui demande seulement :

– Es-tu le roi des Juifs ?

Car il n'a rien d'autre à lui reprocher.

Et lui répond :

– Mon royaume n'est pas de ce monde !

Ce qui devrait le faire libérer puisqu'il ne demande rien de celui-ci. Mais le gouverneur ne comprend pas car il a peur. Il a peur de mécontenter Rome et le Temple. Il a peur d'un soulèvement dans une Ièrusalem bondée de pèlerins.

Il a peur, Ponce Pilate, et un homme qui a peur est capable de tout.

Myriam à Yosef

S'il est le Sauveur, l'envoyé de l'Eternel, dis-moi, Yosef, pourquoi faut-il qu'il meure ? Pourquoi ? A quoi va-t-il servir, ce sacrifice d'une vie ? A quoi ? Car il n'est plus d'espoir de sauver Ièshoua' !

Ce matin, la foule a choisi. Comment ont-ils pu si vite oublier ?

C'était hier encore, sur le bord du lac, qu'il les rassemblait. C'était hier encore qu'ils buvaient ses paroles, qu'ils le voulaient comme chef, comme guide, comme Messie, comme roi !

Et aujourd'hui, ils le condamnent !

Seigneur, où étais-Tu lorsqu'ils hurlaient la mort de Ton serviteur ? Ne me dis pas de me taire pour pouvoir entendre Ta voix ! Ecoute-moi plutôt, laisse-moi Te crier mon désespoir de mère !

Pourquoi l'as-Tu abandonné, Toi aussi ? Pourquoi n'es-Tu pas descendu de Ta gloire pour dire aux rabbis, aux prêtres :

– Celui-ci est Mon fils ! Celui-ci est Ma parole !

N'a-t-il pas mérité de Toi ? N'a-t-il pas proclamé la

venue de Ton Royaume ? Ne pouvais-Tu le sauver avant qu'il ne soit trop tard ?

N'as-Tu pas arrêté une armée de démons, guidé nos pères à travers le désert, donné la Loi ! Es-Tu Celui qui crée la vie, qui fait s'épanouir les fleurs, chanter les oiseaux, rire les cœurs ?

Ou bien es-Tu plus faible que l'oisillon, plus frêle que le roseau, plus cassant qu'un bois sec ?

Réponds-moi, Seigneur ! Réponds-moi avant que je ne me ferme à Ta parole et que mon doute l'emporte sur mon amour de Toi !

Je sais bien qu'un jour viendra où je retrouverai mon enfant, comme je retrouverai tous ceux qui nous ont précédés, et tous ceux qui nous suivront.

Et ce sera le jour des réjouissances, car nous serons à nouveau vivants parmi les vivants ! N'est-ce pas la parole d'Isaïe que d'attendre la résurrection des corps et les retrouvailles éternelles ? « Réveillez-vous et chantez, vous qui habitez la poussière, car Ta rosée est une rosée lumineuse et le pays va enfanter des ombres. »

Mais en ce premier matin de la Pâque, je ne peux me réjouir de paroles et d'espoir.

Car mon fils va mourir ! Notre fils, Yosef, notre chair, notre sang !

Je suis là, impuissante, inutile, à attendre que l'on cloue ses mains, que l'on cloue ses pieds et que les charognards lui fassent souffrir un dernier supplice !

Mon Dieu, s'il Te reste un peu de clémence, ne me laisse pas vivre cet instant ! Prends tout ce que j'ai, prends ma vie, mais pas la sienne !

Ecoute le cri de Ta servante, entends-la hurler son désarroi !

Car elle ne peut accepter que son fils meure, même pour la gloire de Ton Nom.

L'homme passe sans un regard devant la tour Hippicus, puis il sort de la ville par la porte des Jardins. Il charrie sur l'épaule une poutre de bois grossièrement taillée. Il peine, car malgré la force qui se dégage de son corps sec et musclé, la charge est lourde et la pente raide.

Et puis il y a ces plaies qui coulent de son front. Et ce sang qui se fige dans le creux des rides.

Il a été condamné, ce matin même, par une poignée d'hommes et de femmes en délire. Il a été condamné et nul ne sait vraiment pourquoi. Même le gouverneur n'est pas certain d'avoir eu raison, mais il se dit qu'un prophète mort fait toujours moins de bruit qu'un prophète vivant.

Et ce Ièshoua' était trop bruyant ! Si seulement il avait voulu se repentir, admettre qu'il n'était pas roi des Juifs ! Non, au contraire, il n'a parlé que du royaume de son Père !

D'ailleurs, avant de le lui livrer, ceux de sa religion n'ont-ils pas essayé, eux aussi, de le faire s'amender ?

Et puis, le peuple a choisi, entre lui et Barabbas le

zélote. Et le peuple est souverain, dans l'empire de Rome !

L'homme poursuit son chemin. Il y a avec lui deux voleurs notoires, et quelques passants insultent ces bandits que l'on va crucifier, tandis que d'autres détournent la tête et que des enfants jouent dans le dédale des cours.

Les gardes en profitent également pour se moquer de lui. L'un d'eux porte à la main une pièce de tissu sur laquelle il a inscrit la raison du jugement.

Et l'écriture dit : « Ièshoua', roi des Juifs. »

Mais ils ne sont pas là, les Juifs, pour suivre leur roi dans sa dernière procession. Ils ne sont pas là, car dans deux ou trois heures, ce sera le début du sabbat et, comme le veut la Loi, nul ne pourra faire quoi que ce soit, si ce n'est louer le Seigneur.

Alors, dans la ville basse, celle qu'habitent les pauvres, les laissés-pour-compte, le petit peuple qui croyait en la venue du Sauveur, les femmes se dépêchent pour les derniers achats, les marchands ferment déjà leurs étals, les hommes se préparent pour aller au Temple.

Et dans la ville haute, entre les palais asmonéens et les riches demeures patriciennes, nul ne se préoccupe de cet homme qui monte au calvaire.

D'ailleurs, savent-ils qui il est ? Le Messie ? Mais s'il est le Messie, pourquoi ne l'a-t-il pas clamé devant le Sanhédrin, devant les siens ? Pourquoi ne l'a-t-il pas prouvé ?

On aurait peut-être pu le sauver, s'il avait voulu. Ou bien encore... Mais il n'est plus temps de répondre aux questions ou changer le cours des choses, car les trois hommes arrivent sur la butte appelée Gulgolta, ce lieu maudit où sont crucifiés les condamnés.

Ils posent leur bois sur le sol, chacun devant un des trois piliers déjà dressés, et les soldats commencent leur ouvrage.

Quelques pas plus bas, un homme encore jeune porte un regard horrifié sur la scène. Et à son côté, il y a trois femmes. Deux, écroulées de douleur, sont prostrées, face à terre. Mais la troisième est debout. Immobile, figée.

Il n'y a pas une seule larme sur son visage, pas un seul frémissement dans son corps. Elle regarde cet homme que l'on vient de suspendre à la traverse de la croix.

Elle regarde le sang qui coule de ses mains, de ses pieds, de sa couronne d'épines.

Elle regarde car elle ne veut rien oublier de cet instant. Rien ! Car l'homme est son fils, son *békor* !

Et elle partage chaque souffle de son agonie. Et lorsque vers la troisième heure, le ciel s'obscurcit et qu'une lumière irréelle transperce les nuages, elle sait qu'il a rejoint la demeure de son père. Que tout est fini.

Ou que tout commence !

Myriam à Ièshoua'

Je suis là, mon enfant, je suis là debout tandis que, plié sous le fardeau, tu avances vers ton calvaire !

Ô mon fils, mon Ièshoua', mon *bêkor*, te serrer sur mon sein une fois encore, te dire un mot d'amour, te caresser la joue !

Tu fais un pas, et tes pieds nus se déchirent sur la pierre du chemin.

Tu fais encore un pas, et la poutre glisse sur ton épaule en entaillant ma chair.

Tu te relèves, et par les plaies du fouet sur ton dos s'écoule mon sang !

Et tu es près de moi, devant moi, le front griffé par les épines de ta couronne. Et tu passes devant moi, Ièshoua', mon amour, mon aimé, mon unique, tu passes devant moi et je veux tendre la main, te toucher, mais il ne faut pas, non, il ne faut pas.

Ô Yavèh Elôhim ! entends mon cri, fasse qu'il ne lève pas les yeux pour voir le visage de sa mère, qu'il passe en l'ignorant, qu'il l'oublie, sinon elle ne pourra plus contenir sa douleur !

Avance, fruit de mon ventre, monte vers la gloire de l'Eternel, et qu'Il sache dans la splendeur de Son royaume ce que tu as donné pour Le servir !

Et je monte derrière toi jusqu'à cette colline de l'infamie. Je monte pour porter avec toi le sacrifice de ta vie !

Non, ne me demande pas de prier, mon cœur n'a pas de place pour Dieu ! Il n'est plein que de toi !

Après, mon enfant, après, lorsque je n'aurai plus d'espoir. Espérer ! Puis-je ne pas espérer ? Et toi, toi qu'Il a envoyé pour sauver Son peuple, n'espères-tu pas en Sa clémence ?

Ils ont dressé le poteau de ta croix. Et maintenant ils te fixent sur la poutre.

Non, Mariam, non, je ne détournerai pas mon regard, je veux m'emplir de sa souffrance, je veux me nourrir de son agonie ! Ainsi, yeux ouverts ou fermés, je ne marcherai qu'en regardant sa mort.

Te voici hissé au poteau. Ils prennent un clou et te croisent les jambes.

Et il s'approche enfin, ce glaive tant annoncé ! Il s'approche de moi comme le clou de ta chair !

Un soldat saisit un marteau. Un autre tient tes pieds serrés.

Seigneur ! Saint des Saints ! Où es-tu ? Ô mon Dieu ! Ô mon Dieu ! Ne le trahis pas !

Il frappe, l'homme au marteau, il frappe et tu ne pousses pas un seul cri. Mais de mon cœur jaillit ton sang ! De ma bouche, tes mots.

– Yavèh, Toi au nom imprononçable, ôte-lui la vie, ne le garde pas dans la torture !

Ta tête faiblit sur tes épaules. Tu te redresses encore. Et tu me vois avec, à mon côté, ton plus jeune disciple, celui que tu aimais. Tu penses à moi, tu me le dis, en me donnant cet enfant, que tu n'as jamais cessé de penser à moi :

– Mère, voici ton fils !

Et à lui :

– Voici ta mère !

Ô Ièshoua', ai-je besoin de ces derniers mots ? Ai-je douté un seul instant de ton amour ?

Non, mon aimé, non, tu n'as pas besoin de me donner un fils pour remplacer celui qui meurt, car nul enfant ne te remplacera jamais !

Maintenant tu te dresses, encore une fois, une dernière fois, comme Yosef sur sa couche pour te bénir, comme moi pour te prendre dans mes bras à ton premier jour. Tu te dresses, et portes ton regard vers le ciel.

Il est noir, terriblement noir. Alors ta voix s'enfle, crève la voûte.

– Eli, Eli, lema sabaktani ? Ô mon Dieu, ô mon Dieu, pourquoi m'as-Tu abandonné ?

Chapitre 8

Myriam à Yosef

Trois jours ! Trois nuits ! Avec le seul secours de ma foi pour survivre !

Car je suis seule, Yosef, seule, sans toi pour me soutenir, sans mes enfants pour partager. Alors, du fond de ma douleur, je m'adresse à notre peuple, et je lui dis :

– Ecoute-moi, Peuple de Dieu ! Maintenant que tu as bien célébré ton retour sur la Terre promise, que tu as chanté, ri, que tu as bu les coupes de vins fins, que tu es repu de l'agneau pascal, écoute-moi, écoute la voix d'une de tes filles !

Il est mort, mon enfant, il est mort pour avoir cru en toi !

Car tu ne l'as pas entendu, sourd !

Car tu ne l'as pas vu, aveugle !

Et maintenant je te dis que, moi vivante, son nom ne mourra ! Je le sauverai de l'oubli ! Je trouverai la lumière ! Et Il m'enverra Son messager, notre Père des cieux, Il me dira le chemin !

Et sans toi, Yosef son père sur terre, sans ton épaule

pour me consoler, je me dresse face à Lui, et je lui dis :

– Ô Yavèh Elôhim, parle à Ta servante ! Nous sommes déjà trois jours après ce jour funeste et j'attends encore que Tu me dises ce mot qui apaisera ma douleur, ce mot que j'ai attendu quand le ciel s'est obscurci, ce mot qui m'ouvrira la porte de Ton royaume.

Car Tu ne nous as pas trahis, Unique au nom imprononçable, ce n'est pas possible. Tu ne nous as pas trahis !

Dieu peut-il trahir ?

Alors j'attends, comme j'ai toujours attendu. J'attends, car je sais que Tu viendras emplir l'immensité de mon silence, arroser les ruisseaux secs de mes yeux.

Et que, ce jour-là, je saurai pourquoi mon enfant est mort !

Elle monte en posant ses pas sur les mêmes pierres qui l'ont vu gémir et souffrir.

Elle monte, Mariam de Magdala, pauvre et oubliée, transportant sa douleur comme il a porté sa croix.

Elle se rend au rocher creux dans lequel les hommes ont déposé le corps.

Elle ne se pose pas de questions, Mariam, elle ne veut pas savoir pourquoi les disciples ont fui, pourquoi Ièshoua' était seul à l'heure de son agonie, abandonné de tous, sauf d'elle, humble servante, et des deux Myriam, sa mère et sa tante. Et de Ioan, celui qu'il aimait.

Elle se demande seulement comment rouler la grosse pierre qui ferme le tombeau, car elle veut accomplir la tradition et couvrir le mort d'herbes et d'huiles.

Quand elle arrive, elle voit que la pierre a été roulée.

La cavité est vide. Il ne reste là que le linceul, la sheffa et les huiles intactes.

Alors elle pleure, simplement assise sur le rocher. Un homme s'approche d'elle, lui parle. Il lui dit d'aller porter le message, d'aller dire qu'il est revenu des morts.

Elle regarde cet homme qui lui parle. Elle voit d'abord qu'elle peut le croire. Puis, elle le reconnaît : Son maître, son *rabinou* !

Alors, elle part en courant annoncer la nouvelle.

Et, en courant, elle crie :

– Hosanna ! Hosanna ! Il est ressuscité !

Myriam à Ièshoua'

Mariam court vers moi. Elle crie, se tord les bras. Elle se jette à mes pieds et embrasse le bas de ma tunique.

– Mariam, es-tu devenue folle ? lui dis-je en la relevant.

Elle se redresse. Son visage est baigné de larmes, et ce sont des larmes de joie. Elle balbutie et, dans l'incohérence de ses propos, je comprends que la pierre a été roulée, que ton corps a disparu.

Elle dit maintenant que ce matin, le sabbat étant fini, elle a voulu oindre ton corps. Et c'est alors qu'elle a trouvé le tombeau vide, ton linceul intact, ta sheffa pliée dans un coin, et que les huiles pour embaumer n'ont pas servi.

Comme assise sur la pierre elle pleurait de chagrin, soudain elle t'a vu, et tu lui as parlé, et tu lui as ordonné d'aller porter le message.

En disant cela sa voix faiblit. Elle me fixe, effrayée par ce qu'elle veut m'annoncer. Mais je sais déjà. Je n'ai plus besoin qu'elle parle, car je l'entends enfin, ce mot que j'espérais !

Ressuscité ! Ressuscité !

Ô Seigneur tout-puissant, Ô Lumière des ténèbres ! Pardonneras-Tu jamais à Ta servante d'avoir douté ?

Ressuscité ! Ressuscité !

Ainsi, Tu l'as sorti de l'oubli du tombeau, le fils créé par Ta main, le messager de Ta parole !

Et maintenant l'inexplicable devient clair !

Sois bénie Elishèba, ma sœur, car ton fils était bien celui qui préparait le chemin !

Et toi, mon Yosef, pourquoi n'ai-je pas compris plus tôt tes silences, tes regards, tes angoisses ? Car tu savais, toi, son père sur terre, tu savais depuis longtemps déjà, depuis toujours peut-être !

Et tu n'as rien voulu me dire car tu savais aussi que devait s'accomplir la prophétie d'Isaïe :

« Il sera ce méprisé, cet abandonné, chargé de nos souffrances, percé à cause de nous. »

De toutes les prophéties, c'est bien la plus cruelle pour une mère. Mais il a dit encore qu'il reviendra trois jours après, et qu'il sera à la droite du Père.

Et voici qu'il est revenu, cet enfant offert par l'Eternel, qu'il va siéger, vivant, dans le Royaume des Cieux !

Ièshoua' mon fils, ma chair, tu as choisi la plus simple, la plus pauvre pour annoncer ton retour !

Comment ne pas entendre ton message dans ce geste anodin ? A l'heure de ton agonie, comme à l'heure de ta gloire, tu t'es souvenu des femmes de Nazareth, des femmes d'Israël !

Mon enfant, combien de fois as-tu pensé à ta mère en t'adressant à celles qui croisaient ton chemin ? Mariam de Magdala sauvée par toi des sept démons, la courtisane essuyant tes pieds de sa chevelure, mais aussi celle qui allait être lapidée et que tu n'as pas condamnée.

Et encore Mariam de Béthanie dont tu fis revenir le frère de parmi les morts. Et même celles qui sont tombées dans le péché de la chair pour le plaisir des hommes, même celles-là, tu leur as ouvert la porte de ton cœur. N'as-tu pas dit :

– Elles entreront, elles aussi, dans le Royaume des Cieux !

N'est-ce pas encore une femme, une Samaritaine, que tu as choisie pour dire :

– Je suis celui-là que tu attendais !

Ainsi tu t'es penché sur nous, tu nous as sorties de la nuit des temps.

Et maintenant que le Tout-Puissant veut bien m'éclairer, je comprends enfin pourquoi, à l'heure de ton agonie, tu m'as donné cet enfant.

– Voici ton fils, voici ta mère !

N'était-ce pas dire : Voici celle qui t'aimera comme seule une mère sait aimer ?

N'était-ce pas me dire : Aime-les tous, ces enfants de mon Père. Aime-les tous, ces enfants orphelins de moi.

Orphelins ! Non, Ièshoua', je suis là, et je vais accomplir ton vœu !

Je vais rassembler ton troupeau de fidèles égarés !

Oui, Ièshoua', mon fils, je serai leur mère ! Je serai celle qui ne laissera pas oublier ta parole !

Et ainsi, en ton nom, ce sont toutes les femmes qui seront reconnues !

Les deux voyageurs marchaient lentement car, en plus de leur grande fatigue, ils parlaient avec profusion.

Un homme s'approcha pour faire route avec eux et leur demanda ce qui les occupait.

Ils répondirent que des femmes disaient avoir vu Ièshoua' le prophète, et qu'il était vivant, celui que Ponce Pilate avait fait crucifier.

Mais eux doutent des paroles de femme. Alors l'homme leur rappelle ce qu'ont dit les prophètes d'Israël, depuis Moïse : « Le Messie ne sera pas reconnu par les siens. »

Comme il leur paraît instruit de ces choses-là et que la nuit tombe, ils l'invitent à partager leur repas.

L'homme se joint à eux. Et lorsqu'il brise le pain et le distribue, alors seulement ils le reconnaissent.

Mais lui n'est déjà plus visible à leurs yeux.

Un autre jour, un homme s'approche des pêcheurs qui tirent leurs filets sur le lac de Tibériade. Sa démarche incertaine est celle d'un vieillard. Pourtant, il paraît encore jeune et robuste sous sa robe de lin.

Il leur demande l'aumône d'un peu de nourriture, mais eux répondent qu'ils n'ont encore rien pêché.

Il leur dit de jeter encore les filets du côté droit de la barque et ils le font. Aussitôt les filets craquent sous le poids des poissons.

Alors, ils s'assoient à la table pour partager leur festin avec le visiteur.

Il prend la miche et la rompt avec ses doigts. Et Shimon, celui qu'il appelait Pierre, et les autres le reconnaissent.

Mais lui n'est déjà plus parmi eux.

Myriam à Dieu

Je T'ai entendu, Seigneur ! Je T'ai entendu !

Et maintenant, je n'ai plus qu'à les rassembler, ceux que la mort de Ton fils a jetés dans l'ombre et le dénuement. Je n'ai plus qu'à les rassembler et les garder ainsi, jusqu'à ce que Tu viennes leur montrer le chemin.

Ils sont là, dans cette même chambre haute qui a vu le sacrifice de Ta chair. Il y a les pêcheurs Shimon et Andréas, et Iôanan et Nathanaël et Iacob. Et les autres arrivent à leur tour, un à un, car ils savent que Tu lui as donné l'éternité comme domaine.

Ils sont là, les hommes, mais elles sont là également, les femmes qui l'ont servi, qui l'ont aimé.

Mariam, sa fidèle Mariam, et Marie femme de Cléophas qui partageait ma douleur devant la croix.

Et moi, qui l'ai porté en mon sein et qui accepte aujourd'hui de Te faire l'offrande de sa vie.

Elles sont à mon côté. Et je leur dis :

– Femmes, debout, le Seigneur nous appelle ! Que

nos prières traversent les nues pour que soit chantée Sa gloire !

Et tandis que les hommes ses disciples parlent, s'interrogent, discutent, nous, les femmes, nous prions déjà.

Ils poursuivent leurs palabres, ils continuent de chercher, d'essayer de comprendre.

Mais nous, les femmes, nous sommes déjà unies autour de Ton nom.

Ils se martèlent le front, nouent et dénouent les pans de leurs châles.

Mais nous, femmes debout, restons solides et calmes.

Enfin, ils nous voient. Enfin, ils voient la paix qui règne dans nos cœurs. Enfin, ils voient notre force. Ils voient que notre foi de femmes nous garde debout.

Alors, ils se joignent à nous.

Voilà, Seigneur mon Dieu, nos voix montent ensemble vers Toi.

Et elles monteront, pendant quarante jours ! Quarante jours comme le déluge envoyé en châtiment, comme la lutte dans le désert !

Quarante jours !

Enfin, Tu les marqueras d'une langue de feu, Ton esprit descendra en chacun d'eux, et alors, ils partiront, les disciples qui restaient.

Ils partiront vers le nord, le sud et l'est, vers les terres lointaines, vers les synagogues oubliées.

Ils partiront, au-delà des limites de l'empire, au-delà du monde connu !

Ils annonceront son sacrifice ! Ils diront son nom !

Ièshoua' ! Le sauveur !

Ils enseigneront sa parole : Ta parole !
Ils proclameront qu'il était Ton fils de chair et d'esprit !

Et que tout est possible à Dieu !

La maison est toute blanche. Comme celle qu'habitait autrefois, dans le petit village de Nazareth, une jeune fille de quatorze ans.

Toute blanche avec seulement, grimpant le long du mur de la cour, l'éclatant rouge corail d'un bougainvillier en fleur.

Mais, ici, n'habite qu'une vieille femme. Comme de ses doigts noueux elle ne peut plus filer la laine, elle les garde entrelacés, dans une longue et muette prière.

Parfois, un enfant passe la visiter. De ses yeux abîmés par tant de soleil et de larmes, elle le dévisage, cherchant les traces d'un souvenir et, lorsqu'elle a trouvé une ressemblance avec les traits de l'aimé enfouis dans sa mémoire, elle tend la main et caresse la chevelure noire et bouclée.

Et l'enfant s'assoit à ses pieds. Il lui demande si elle peut lui raconter encore son histoire.

Alors elle penche sa tête en arrière, et porte son regard vers le bleu du ciel.

Et d'une voix monotone qu'elle seule semble entendre, serrant dans ses mains un bout de couverture en agneline jaunie par les ans, elle recommence son récit.

Il était tout petit lorsqu'il est né ! Et il est devenu si grand ! Mais ce soir-là, au fond de la grotte, il n'était qu'un petit enfant offert par le Seigneur...

Glossaire

Gerousia : palais de Ièrusalem où se réunissaient les membres du Sanhédrin, la plus haute autorité religieuse.

Ghor : gorges dans lesquelles coule le Jourdain.

Hazzan : maître d'école, bedeau.

Mezuza : petite boîte cylindrique fixée au cadre de la porte et contenant les commandements de Dieu.

Mohel : officiant pratiquant l'acte de circoncision.

Parasha, pluriel : *Parashots* : au nombre de 154 chapitres racontant l'histoire du Peuple élu. La dernière, 155e, sera écrite après la venue du Messie.

Pourim : fête de printemps. On décorait des chars pour promener les enfants costumés.

Roch Hachana : nouvel an, 1er jour du mois de tisri.

Sanhédrin : à la fois conseil politique et académie réthorique. La plus haute autorité juive.

Shema Israël : prière par laquelle un croyant proclame sa foi en Dieu.

Shofar : corne de bélier utilisée pour annoncer la Pâque.

Sod : maison où se rencontrent les femmes.

Soukko : dit aussi « Tabernacles », « Cabanes ». A l'automne, après les vendanges, en souvenir du temps où le Peuple, libéré du joug égyptien, vivait dans le désert.

Talith : manteau ayant la forme d'une robe d'officiant.

Tebah : pupitre sur lequel l'officiant lit les rouleaux de la Torah.

Yom Kippour : fête du Grand Pardon.

Bibliographie

Les Evangiles, nouvelle traduction par Sœur Jeanne d'Arc, O.P., Desclée de Brouwer.

La Vie quotidienne en Palestine au temps de Jésus, Daniel-Rops, Hachette.

La Vie quotidienne des hommes de la Bible, André Chouraki, Hachette.

La Pensée juive, André Chouraki, Que sais-je ?

Une année de grâce avec Marie, René Laurencin, Fayard.

Celle qui gardait toute chose en son cœur, Roger Bichelberger, Albin Michel.

Les années obscures de Jésus, Robert Aron, Grasset.

Jésus, Jacques Duquesne, J'ai Lu.

Biographie de Jésus, J.-C. Barreau, Pocket.

Les Vraies paroles de Jésus, J.-C. Barreau, Albin Michel.

Le Fils du charpentier, Bernard Clavel, Robert Laffont.

Un Juif nommé Jésus, Marie Vidal, Albin Michel.

Jésus rendu aux siens, Salomon Malka, Albin Michel.

Jérusalem, André Chouraki, Editions du Rocher.

Jérusalem ressuscitée, J. Genot-Bismuth et F. X. de Guibert, Albin Michel.

Le Baptiseur, Thierry Leroy, Albin Michel.

Jesus, a Revolutionary Biography, John Dominic Grossan, Harper, Etats-Unis.

Ainsi que des extraits de la *Torah* de Maurice Stern, *Hal-Or*, du *Talmud de Jérusalem* et des œuvres de Flavius Josèphe.

A tous ces auteurs, auxquels j'ai peut-être emprunté quelques formules sans avoir eu nullement l'intention de les plagier, je présente par avance des excuses sincères et les remercie de leur compréhension.

REMERCIEMENTS

Ecrire ce livre fut une grande aventure. Mais cette aventure n'aurait pu aboutir sans la compréhension de mon éditeur Richard Ducousset, le soutien de Sylvie Genevoix, l'amitié de ceux et celles qui m'ont entouré, et l'amour de ceux et celles qui partagent ma vie et, notamment, mon père, ma marraine, ma sœur, mon frère ainsi que Christian, Geneviève, Nicole, Maryse et Pascale.

Les remercier ici en les réunissant dans une même prière est bien mon plus grand bonheur.

J.-C. L.

Site Internet : jeanclaudelibourel.com

Du même auteur

Aux Éditions Albin Michel

GUSTIN PLANTEFIGUES

Chez d'autres éditeurs

ANTONIN MAILLEFER, Prix des Maisons de la Presse 1996, Robert Laffont

LES ROSES D'AVRIL, Prix du Cabri d'or 1997, Robert Laffont

LE SECRET D'ADÉLAÏDE, Robert Laffont

La composition de cet ouvrage
a été réalisée par I.G.S. - Charente Photogravure
à l'Isle-d'Espagnac,
l'impression a été effectuée
sur presse Cameron dans les ateliers
de **Bussière Camedan Imprimeries**
à Saint-Amand-Montrond (Cher),
pour le compte des Éditions Albin Michel.

Achevé d'imprimer en janvier 2001.
N° d'impression : 010083/4. N° d'édition : 19172.
Dépôt légal : février 2001.